空中殺人現場

殺人現場は
雲の上

東野圭吾 —— 著 王蘊潔 —— 譯

Contents

住宿夜是殺人夜 5
請記得將您的隨身物品帶下飛機 41
相親座位上的灰姑娘 79
旅行就是一路同行 115
非常重要的失物 151

夢幻旅客 185
被盯上的A子 221

住宿夜是殺人夜

1

九月二日，在鹿兒島過夜——

新日本航空機組人員在鹿兒島住宿時，都固定住在距離機場搭計程車十分鐘左右的K飯店，晚上去喝酒的地方也幾乎都固定不變。K飯店內的這家酒吧名叫『威基基』，聽起來和鹿兒島完全沒有關係。這家乏善可陳的酒吧只有一座幾個人就坐滿的吧檯，和兩張四人坐的桌子。但無論怎麼看，這家酒吧都和店名完全無關這一點，以及在大城市絕對無法體會到的感覺，也許正是這家店最大的特色。

新日航的空服員早瀨英子的暱稱是A子，這天晚上也受機師之邀，來到這家毫無氣氛可言的酒吧。機師幾乎個個都是酒量很好的酒仙，可見他們平時累積了很大的壓力。

「我想瘦下來。」

直截了當地表達自己內心希望的是和A子同期進公司的藤真美子，暱稱B子。從她說的這句話就不難瞭解到，她有著空服員少見的體型，而且臉很圓，眼睛也很圓。她的綽號之所以叫B子，不光是因為她整天和A子形影不離這個極其簡單的理由，更因為她整個人令人聯想到圓滾滾的彈珠。

「我為什麼瘦不下來呢？虧我喝酒時，都忍著不吃下酒菜。」

B子豪放地喝完了大杯的啤酒，嘆了一口氣。

「不瘦也沒關係啊。」

副機師佐藤說。他還不到三十歲，五官輪廓很深，是空服員最愛的機師。「我覺得妳不需要太勉強自己。」

「但也有人像A子一樣，根本不需要努力就可以維持好身材，這個世界太不公平了。」

「我有胃下垂的毛病。」

A子委婉地說。她的確不胖，即使吃再多，瓜子臉也不會變圓，可以輕鬆維持很有日本味的漂亮臉蛋。

「胃下垂是空服員的職業病。」

機長濱中說。他除了禿頭外，並沒有明顯的特徵。

「真羨慕，我為什麼沒有胃下垂？」

「身體健康才好啊。」

「但我最近又胖了兩公斤。」

「原來是這個原因，」濱中一臉嚴肅，「難怪我覺得今天的機身有點傾斜。」

新日航內沒有人不知道空服員九十八期生的這對ＡＢ搭檔，但她們兩個人有名的理由並不相同，簡直就是天和地，月亮和鱉殼，灰塵和鑽石的差別。

首先，在空服員考試時，Ａ子的經歷就讓考官有點驚訝。因為她從東京大學休學，而且她的考試成績更令人目瞪口呆。從初試到最終面試，她都始終保持遙遙領先。在訓練中心當然也以榜首的成績畢業，正式成為空服員後，更深得機師的信賴，公司上下所有人都認為，任何工作只要交給她，就可以高枕無憂。

她並不是那種俐落能幹的女強人，平時算是文靜寡言，為人低調，不愛出風頭，但會突然面不改色地做出驚人之舉。

Ｂ子也讓考官感到驚訝。驚訝的原因是因為准考證上的照片與本人簡直差太多了，她精湛的修圖技巧和為了考上空服員不惜作假的執著，反而讓考官深受感動。

從初試到面試，她自始至終都發揮了低空飛過合格標準的高難度技巧。事後聽面試時的考官說，在她那雙圓眼睛注視下，簡直就像被惡魔迷惑，不知不覺就在『合格』的欄內蓋了章。

她在訓練中心的成績也是吊車尾。

即使這樣，她也絕對不會感到沮喪。因為她記得幾年前看了一齣以空服員訓練生為主題的連續劇，深信「那種少根筋的女生也能夠當空姐，我閉著眼睛也可以通過」，所以簡直樂觀到了極點。正式成為空服員後，「B子一定要和A子一起出勤」成為公司內部的原則。她本人當然不知道這件事。

所以，A子和B子在所有方面都完全相反，但奇怪的是，兩個人很合得來。她們除了是同事以外，還是室友，兩個人應該相互取長補短……不，很難這麼說，可能是她們都在對方身上尋求自己缺乏的部分。總之，今天她們也一起開心地住在鹿兒島。

當他們四個人邊喝著酒，邊閒聊時，那個男人走了進來。酒吧內除了他們四個人以外，只有吧檯還坐了兩個客人。那個男人發現他們後，面帶笑容向他們走來。

「剛才真的太感謝了。」

男人走到他們的桌子旁，低下花白頭髮的腦袋，恭敬地鞠了一躬。四個人都露出了訝異的表情，但B子立刻大聲叫了一聲：「啊喲！你不是剛才那位客人嗎？」

「是啊。」

不知道是否因為B子想起了他是誰，男人開心地笑了起來，眼尾擠出了不少魚尾紋。A子看到他的魚尾紋，也想起了他是誰，「你們也住在這家飯店嗎？」

「是啊，真是太巧了。」

「機長，這位是今天搭乘我們班機的客人。」
B子把男人介紹給濱中他們。
那個男人在今天飛行過程中突然肚子痛。他看起來四十多歲，但身材很結實，B子事後還說覺得他的一頭灰色頭髮很帥氣，所以很高興能夠在這裡巧遇他。
「喔，肚子痛啊，那真是辛苦了。」濱中說。
「不，多虧兩位空服員的照顧，現在已經完全沒問題了。」
男人用力拍了拍自己的肚子。
「要不要坐下來一起喝？」當濱中邀請他在旁邊的椅子上坐下時，吧檯的電話響了，身穿紅色背心的服務生接起了電話，然後用手捂住聽筒，大聲地問：「請問有沒有一位本間先生？」正準備坐下的男人應了一聲，走去吧檯。於是A子知道了他的名字。
本間對著電話說了兩三句話之後，又對服務生吩咐了幾句，才終於走回來。
「我太太一回到飯店，就說身體很不舒服，於是就躺在床上休息。我也在飛機上突然肚子痛，看來真的上了年紀。但我太太可能感覺稍微好了一些，所以叫我為她張羅點食物去房間。」
A子對本間的太太稍微有點印象。記得她很高大，穿了一件淺色衣服，而且還戴了一副很大的墨鏡。

「已經九點，她可能覺得餓了。」

本間說完，看著牆上的時鐘。

服務生把他點的三明治送上來時，B子站了起來。她喝了太多啤酒，從剛才就一直跑廁所。

本間原本打算一個人喝酒，也許是因為意外遇到了可以一起喝酒的人，所以心情特別好，興致勃勃地聊了很多事。從談話中得知，他是大學的心理學副教授。雖然大學昨天已經開學了，但他教授的那堂課要在將近一個星期後，才開始上新學期的第一堂課，所以帶太太來九州觀光。

「我太太的侄子在這裡讀研究所，所以我們打算順便和他見面。」

他說完這句話，把兌水酒一飲而盡。

「你們有小孩嗎？」

A子為本間拿下長褲上沾到的垃圾碎屑時問。她在這方面很有女人特有的細心。本間閃過一絲惶恐，然後遺憾地垂著眼尾說：「我們沒有小孩。」

不一會兒，B子一臉神清氣爽地走了回來。A子問她怎麼去了那麼久，她回答說，剛才回房間補妝了，難怪看起來格外清爽。

「對了，對了，我剛好看到服務生送三明治給本間太太，沒想到離我們房間很近。」

「是喔……」本間一臉嚴肅，「怎麼樣？我太太看起來還好嗎？」

「我只是瞥到一眼……但看起來精神很好，氣色也不錯。」

「是嗎？」本間吐了一口氣，似乎鬆了一口氣，「因為如果她躺在床上起不來，難得的旅行就毀了。真是太好了。」

因為他說的這番話聽起來深有感慨，A子猜想以前可能曾經發生過類似的情況，毀了當時的旅行。

他們喝了差不多四個小時，當時鐘指向一點時，才終於結束。幾個男人喝完一瓶威士忌和半打啤酒，A子喝了兩小杯啤酒和一杯果汁，B子喝了三大杯啤酒，上了四次廁所。

「沒想到今晚喝得這麼開心。」

走出電梯，走回各自房間時，本間深有感慨地說。濱中他們住在樓下那個樓層，剛才已經下了電梯。

「託各位的福，今天應該可以睡得很好。」

「謝謝你和我們分享這麼多有趣的事，真的很開心。」

A子說。他剛才分享了很多有關心理學的內容很有幫助，兩名機師也都聽得很認真。

「真的很有幫助。」

獨自猛打呵欠的B子也向他道謝。

「聽妳們這麼說，真是太高興了，希望下次有機會再一起喝酒。」

本間說完，走到自己的房間門口停下腳步，微微欠身打招呼。A子和B子也一起向他致意。

「那就晚安囉。」

「晚安。」

A子和B子走去自己的房間，身後傳來打開門鎖的聲音。

A子和B子住在有兩張床的雙人房，就在本間夫婦住的房間數過來第四間。B子稍微費了一點時間才打開了房門。

就在這時，聽到了叫喊的聲音。A子一時沒有聽清楚那個聲音在叫喊什麼，但知道是本間的聲音。他房間的門打開一半，A子和B子毫不猶豫地衝了過去。

2

「所以，兩位是繼本間先生之後發現屍體的人。」

鹿兒島縣警的望月刑警輪流看著她們的臉問道。他年約三十多歲，留著三七分的髮型，戴著金框眼鏡，看起來像銀行員，雖然天氣很熱，但穿著合身的西裝。

「沒錯。」B子挺起胸膛回答，「你可以儘管發問。」

「其實也沒有太多問題。」望月小聲說明之後，詢問了她們和本間之間的關係。A子有條有理地說明了認識的經過，以及在酒吧一起喝酒的事。刑警看她的眼神明顯和剛才不一樣。

「所以，妳是空姐。原來是這樣，難怪……」

「我也是啊。」B子說，「不瞞你說，我也是空姐。」

望月看著她片刻後說：

「是喔，是這樣啊。」

他似乎用某種方式說服了自己。

A子聽到本間的叫聲，立刻衝進了他的房間，看到一個女人直挺挺地躺在床上，本間用力搖著那個女人的身體。女人穿著高跟鞋的腳隨著他的搖晃擺動著。A子走過去，想問本間怎麼了，但立刻瞭解了眼前的狀況。因為女人的臉上完全沒有活力。「我馬上打電話給櫃檯。」當她說完這句話，伸手準備拿起電話時，B子已經昏倒了。

十五分鐘後，警察就趕到了。偵查員和鑑識人員神情嚴肅地開始勘驗現場，昏倒後又醒過來的B子說：「好厲害喔，簡直就像是刑警主題的電視劇。」戴著金框眼鏡的刑警望月也是其中一名偵查員，他的工作是和另一名年輕刑警向相關人員瞭解情況，於是提出希望向A子和B子瞭解情況的要求。地點就在現場隔壁的房間。

「所以，一點多的時候，妳們在本間的房間前向他道別，隨後立刻聽到了慘叫聲，去了他的房間後，得知了這起事件……是不是這樣？」

「沒錯。」

A子和B子異口同聲地回答。

「之後聯絡了櫃檯，和本間一起在走廊上等經理，向經理說明情況後，請他報警……這樣也沒錯吧？」

「對。」

A子口齒清晰地回答。得知事件發生後，她們立刻離開了房間，因為她覺得最好盡可能不要碰觸現場的任何東西。

「這樣沒錯吧？」

望月也向B子確認，她一臉若無其事地說了謊，「那時候我回到自己房間待命。」說「待命」很好聽，但其實是她昏了過去。

「在發生這一切的前後，妳們有沒有看到其他人？比方說，有沒有在走廊上遇到其他人？」

望月並沒有特別問誰，但兩個人都一起搖了搖頭。九月的非假日沒什麼客人入住這家飯店，更何況那時候已經是深夜。刑警也點了點頭說：「是喔，我想應該也是這樣。」

「請問……」A子戰戰兢兢地開了口，「本間太太果真是遭人殺害嗎？」

她在說話時，發現自己用了敬語，但刑警似乎並沒有發現不自然，回答說：「應該是這樣。」

「死因是什麼？」B子問，「果然是被刀子之類刺殺嗎？」

「刀子？」刑警露出錯愕的表情，「不是喔，屍體根本沒有流血。」

「這樣啊……」

「死因是窒息，被人掐脖子。」

B子「呃！」了一聲，然後把舌頭也吐了出來。

刑警問完話，她們走出房間時，發現走廊上擠滿很多人。她們撥開人群，走回自己房間門口，發現濱中和佐藤睡眼惺松地正在等她們。

「妳們真辛苦，」佐藤擔心地看著她們，「聽說B子還昏過去了。」

「我才沒有昏過去。」B子氣鼓鼓地說，「我等在房間待命。」

A子向濱中報告了大致的經過。

「所以，應該不至於對明天的航班造成影響。」

濱中從公事的角度討論這件事。

「我認為應該沒問題。」

「妳們是第三者，應該不至於有什麼麻煩，但如果有什麼狀況，隨時和我聯絡。」

「知道了。」A子和B子微微欠身回答。

和兩名機師道別後，一回到自己的房間，B子立刻說：「太猛了！我第一次遇到這種事，現在還是心跳加速。」

「太可怕了。」A子坐在床上。她也是第一次看到屍體，而且是他殺的屍體。剛才太緊張了，根本來不及感到害怕。

「我只有在連續劇中看過殺人命案，沒想到現實生活中也會發生這種事。好，我要來告訴大家。」

B子顯得興奮不已，好像遇到了什麼高興的事，難以想像剛才還被嚇昏了過去。不過聽說她就是因為具備這種樂天的性格，公司才決定錄用她。

「話說回來，」A子和她的態度相反，皺起眉頭陷入了思考，「到底是誰殺了本間太太？」

「我聽到刑警說，她的手提包被拿走了。」

B子最擅長偷聽別人說秘密，「所以應該是強盜殺人。」

「但為什麼強盜會找上本間太太？飯店還有很多其他房間。」

「只是剛好而已，本間太太運氣太差了。」B子很輕鬆地說。

「但是，」A子偏著頭，「他們住在雙人房，難道強盜沒有想到，房間內可能有兩個人嗎？」

「一定早就盯上了他們，然後看到本間先生離開後，就闖了進去。」

「怎麼闖進去？房門鎖著啊。」

這家飯店的房間只要門一關上，就會自動鎖上。

「這……一定有什麼辦法。」

「有什麼辦法？」

「就是……有很多方法啊，這種事可以輕鬆解決。」

「是嗎……」

A子雖然難以釋懷，但繼續討論也沒有意義，所以她決定去洗澡。當她脫下鞋子，換上拖鞋時，突然想到為什麼本間太太還穿著高跟鞋。通常回到房間時，不是會馬上脫鞋子嗎？而且聽本間先生說，他太太當時身體不舒服。

「真期待明天，我一定要把這件事告訴其他人。A子，妳千萬不能告訴別人我昏了過去。」

B子脫下高跟鞋，整個人倒在床上。

3

隔天早上九點，床邊的電話響了。A子接起電話，聽到一個口齒不太清楚，不像是飯店人員的聲音。A子覺得那個聲音很耳熟，立刻發現是刑警望月。他從櫃檯打電話到她們房間，說希望再次向她們瞭解一下發現屍體當時的情況。

A子和B子一起來到和望月約定見面的一樓大廳，望月和昨天一樣，帶著一名年輕刑警在那裡等她們。他可能昨晚沒睡好，眼睛佈滿血絲。「不好意思，我想妳們一定累壞了。」他鞠躬說道，但這句話好像在對自己說。

「目前正在調查誰最後看到本間太太。」

望月打開記事本，用自動鉛筆搔著頭問道。

「根據我們的調查，酒吧的服務生在本間的要求下，在九點左右送三明治去了他們的房間。兩位知道這件事吧？」

兩人默默點了點頭。

「聽說當時藤小姐（B子）剛好經過，請問這件事屬實嗎？」

「對，沒錯，所以我是最後一個看到本間太太的人嗎？」

B子雙眼發亮，說話的聲音帶著興奮。她似乎因得知自己成為重要證人而感到高興。

「是妳和那名服務生，所以我們想要確認服務生的記憶是否有誤。」

「沒問題，交給我吧。」B子拍了拍胸口，「我對自己的記憶很有自信。」

「喔……」刑警露出複雜的表情開始發問。

「請問妳路過的時候，本間太太在做什麼？」

「做什麼……接過三明治啊。」

「在門口嗎？」

「對，房門打開了一條縫，她從門縫中接過三明治。」

「她當時穿什麼衣服？」

「呃，我記得是淺色的洋裝。」

「她當時有沒有說什麼？」

「不知道，我沒有聽到。」

「是喔。」刑警停頓了一下，點了點頭。是因為和服務生的證詞一致嗎？

「當時走廊上沒有其他人嗎？」

「沒有。」

「這樣啊。」

望月點了兩三次頭，闔起記事本，收進了西裝內側口袋，「我瞭解了，謝謝兩位的合作。」

「這樣就結束了嗎？」B子一臉不滿的表情。

「之後有沒有發現新的情況？」A子問。

望月輕輕搖了搖頭說：「完全沒有進展，目前只知道本間太太遭到殺害這件事。」

「犯案的時間呢？」

望月微微聳了聳肩，「目前只知道最後有人看到她的時間是九點之後。」

當A子和B子在稍晚的時間去飯店內的餐廳吃早餐時，一個自稱是本間太太侄子的男人來向她們打招呼。當她們吃完份量十足的美式早餐，準備喝咖啡時，那個人走了過來。他看起來二十五、六歲，對男人來說，他的身高並不算高，看起來很白淨，短袖襯衫下露出的手臂也很細。

「聽說給兩位添了不少麻煩。」

男人說話時的聲音很高亢。他叫田邊秀一，是本間太太唯一的血親。

「我原本今天要和姑姑見面，沒想到竟然會發生這種事……太驚訝了。」

秀一神經質地皺起眉頭。

「你見到本間先生了嗎？」

A子問，他無力地點了點頭。

「剛才見過了，姑丈也沒想到會變成這樣的旅行，而且來不及感到失望就被叫去警局，我相信姑丈應該也有點吃不消吧。」

「警局？」A子忍不住問，「你也去了警局嗎？」

「對，今天一大早把我叫去，我在那裡見到了姑丈。」

「警察問你什麼？」

B子好奇地探出身體問。

「問了很多，」秀一回答，「也問了我的不在場證明。」

「不在場證明！」

B子大叫一聲，餐廳裡的人都看了過來。她慌忙捂住嘴。

「為什麼要問你的不在場證明？」

A子委婉地問。雖然她很想打聽清楚，但實在難以啟齒，幸好秀一並沒有因此感到不悅，用平靜的語氣說：

「我也不太瞭解詳細的情況，但聽說這家飯店的門會自動上鎖，姑姑和姑丈的房間應該百分之百鎖住了，警方認為是姑姑打開了房門，凶手才可能走進房間，所以就懷疑很可能是熟人所為。」

「所以就調查你的不在場證明嗎？」

B子問。A子很感激她在這種情況下的神經大條。

「警方問我九點到深夜一點的不在場證明，但我只有九點半之後的不在場證明。因為我昨晚去了朋友家，九點半的時候才到他家。」

「但警方也太過分了，竟然懷疑家屬。」

A子覺得如果自己是刑警，不可能懷疑眼前這個男人。因為他看起來沒什麼力氣，如果想掐死本間太太，可能反過來會被本間太太掐住脖子，「更何況還有動機的問題。」

秀一的嘴邊露出了落寞的苦笑。

「我也這麼想，但後來發現如果換一個角度思考，並不能說我完全沒有動機。」

「你可以領到巨額的保險嗎？」

B子問了很常見的情況，他苦笑著搖搖頭。

「姑姑死後，我並不會拿到一毛錢，而是相反的情況。」

「相反？你會有金錢的損失嗎？」

「不，不是這樣，所以說相反可能有點不正確……總之，並不是姑姑死了，我就有錢可以拿，而是姑姑活著，我的錢會減少。」

「……」

B子沒有說話，代表她腦筋一片混亂。於是A子代替她發問：

「所以是本間太太在用你的錢嗎？」

「對。」秀一點了一下頭，「我的爸爸，也就是姑姑的哥哥留給我不少遺產，但在遺書上寫著，在我獨當一面之前，委請姑姑負責為我管理這些遺產，所以到目前為止，遺產都一直在姑姑的名下。最近我發現遺產減少了許多，才知道似乎是姑姑在投資股票。」

「是喔，她擅自挪用嗎？」

「雖說是挪用，但畢竟是一家人，所以姑姑應該沒有罪惡感，但是，即使我勸她不要再投資股票，她也完全不聽，說什麼是為了我著想，還給我的時候，一毛錢的本金都不會少，但遺產的金額在持續減少。在警方眼裡，會認為我有行凶的動機。」

他說明情況時的語氣很冷靜，難以想像他在說自己的事。

「不好意思，請問你昨天晚上去的朋友家，離這裡有多遠？」

他聽到A子的問題後想了一下回答說：「開車的話，最快也要二十分鐘。」

「既然這樣，應該就沒問題了。」B子說，「因為我最後看到本間太太時是九點多，如果要行凶之後，九點半趕到朋友家，幾乎是不可能的事。」

「是這樣嗎？」秀一露出擔心的表情，B子拍著自己的胸口說：

「我是證人，絕對不會錯。」

4

「太幸運了！」

B子拍著手。因為鹿兒島縣警提出要求，希望她們協助警方辦案，所以這一天由其他空服員代班。

而且她們和望月約了晚上才見面，在那之前，可以在附近逛街。即使不是B子，應該也會覺得眼前的狀況很幸運。只不過普通人遇到這種情況時，不會興奮地遊山玩水，但她們去街上逛了禮品店，又看了旅行導覽書，去了書上介紹的『想吃鄉土料理，非去某某屋不可，一千三百圓就可以嚐到各種菜色』的餐廳，充分享受了觀光心情。雖然實質上是B子盡情地逛，A子只能拚命跟上她的腳步而已。

在充分利用空閒時間後，她們和刑警見了面。

「不好意思，一直打擾兩位。」

望月一直鞠躬道歉，但B子滿臉笑容。因為今天既不用上班，又可以充分滿足她的八卦本能，所以覺得簡直太棒了。

「請妳們等到晚上是有原因的。」

刑警故弄玄虛地開了口。和今天早上一樣，他們在大廳談話，B子原本還期待會去餐廳邊吃邊聊，但顯然想得太美了。

「因為我想等解剖結果出爐。」

「解剖結果有什麼問題嗎？」

A子努力露出嚴肅的表情。

「不，這件事等一下再說。」

望月小心謹慎地打開了記事本。

「妳們昨晚在酒吧從八點左右一直喝到凌晨一點多，沒錯吧？」

「對。」兩個人異口同聲回答。

「本間在九點前走進酒吧，然後和大家一起喝到最後……」

「對。」A子回答。

「既然你已經知道了，就沒必要再問了。」B子說。

望月乾咳了一下。

「我想請教一下，本間從最初到最後，都沒有離開過座位嗎？還是曾經去過哪裡？」

「嗯……」A子回答說，「我不記得了。」

「我記得。」

B子張大了鼻孔說。她自信滿滿的時候，都會露出這樣的表情。

「本間先生完全沒有離開座位。因為我一直去廁所，所以很納悶為什麼本間先生完全不去廁所。」

她說的這番話，似乎在證明不知道任何事都可能幫助記憶。但是，望月似乎並不滿意，不肯罷休地追問：

「真的嗎？他在九點半到十點之間，有沒有稍微離席一下子？」

B子當然不可能退縮，「沒有，我的記憶不會錯。」

「是嗎？」A子發現望月回答時，似乎有點沮喪。

A子抬眼看著他問：「請問……警方在懷疑本間先生嗎？」

望月看著她的眼睛回答：「對，老實說，目前正在懷疑他。」

「九點半到十點之間是……」

「目前推測的死亡時間。」望月說，「解剖結果發現，胃中還有未消化的三明治。在檢驗之後發現，認為吃了三明治之後經過了三十分鐘。」

「那就不可能了，」B子很乾脆地說，「因為本間先生有不在場證明。」

「所以啊，」刑警露出求助的眼神，「請妳們再好好想一想，他真的一次也沒有離開嗎？」

「動機是什麼？」

Ａ子無視刑警的問題問道。

「我們已經知道了你們懷疑田邊秀一先生的原因。」

「同樣的原因。本間太太不僅拿田邊的遺產做股票，也把從父母那裡繼承的財產拿來投資。她用自己的錢投資，所以別人也沒資格說什麼，但站在本間的角度，應該無論如何都希望在她把錢賠光之前佔為己有。」

「但他有不在場證明。」Ｂ子很堅持。

「啊，對了，」Ａ子也想起一件事，「如果推測死亡時間是九點半到十點之間，田邊先生也有不在場證明。」

「就是啊，」望月露出厭煩的表情，「他的不在場證明也很完美。」

「這下子走投無路了。」

刑警聽了Ｂ子這句嘀咕，只是瞪了她一眼。

「他們的偵查有問題。」

Ｂ子穿著睡衣，盤腿坐在床上吹頭髮時說。她在說話的空檔還伸手去拿袋子裡的洋芋片。Ａ子忍不住嘀咕，不知道是誰說要減肥。

「妳不覺得認定是熟人行凶很奇怪嗎？手提包也被偷走了啊。」
「但這可能是凶手故佈疑陣。」
「只是不排除有這種可能性而已。」
B子有點生氣。A子很清楚她不高興的原因，八成是因為一頭灰色頭髮的本間和看起來文質彬彬的田邊都是她喜歡的類型。
「但是，強盜沒有進去房間的方法。」
「所以啊……一定有什麼方法。」
結果又重複了昨天晚上的對話。B子只要發現形勢對自己不利，就會說「有什麼方法」或是「有各種辦法」之類模稜兩可的話。
「反正偵查工作又回到原點了。」
B子咬著洋芋片說道，洋芋片的碎片掉在床上。
「啊啊，妳很髒欸。」A子皺著眉頭說。
「沒事啦。」B子用手掌把碎片掃到地上。
這時，A子突然覺得有哪裡不對勁。
那種感覺很像是臼齒卡到一根魚的細刺，可以用舌尖舔到，好像隨時可以拿出來，卻又拿不出來。如果細刺卡得很深，就連牙籤也剔不出來，只有不舒服的感覺越來越強烈。

「A子，妳怎麼了？肚子痛嗎？」

幾乎沒有煩惱的B子不知道人在思考時會皺眉頭。

「拜託妳先不要說話。」

A子抱著枕頭，努力整理思緒。洋芋片碎屑、垃圾、麵包屑……

她問一臉無趣的B子：

「妳最後看到本間太太時，她有沒有戴眼鏡？」

「啊？眼鏡？」

B子翻著白眼想了一下才回答說：

「嗯，她戴了眼鏡，而且是很大的眼鏡。」

A子立刻撲向電話。

她終於知道問題在哪裡了。

5

隔天早晨，她們像前一天一樣，坐在飯店的餐廳吃早餐。

本間穿著淺灰色的西裝在吃早餐，當他看到A子她們，輕輕揮了揮手，她們在他對面的座位坐了下來。

「這次真的給兩位添了麻煩。」

他特地站起來向她們鞠躬。

「別這麼說……對你來說，真的是天大的災難。」

他聽到A子這麼說，露出了疲憊的笑容，「根本沒時間難過，今天也要回家處理很多事。」

「那應該會搭我們那班飛機，我們等一下要執行飛行勤務。」

本間聽到B子這麼說，露出了開心的表情。

「我的運氣太好了，否則一個人搭機回去，心情會很沉重。」

「我們會好好服務你。」

B子似乎話中有話。

「對了，我有一件事想請教一下，」A子看著本間的臉說，「你太太眼睛不好嗎？比方說，是不是近視？」

「沒有，」本間搖了搖頭，「她的視力很好，也還沒有老花。怎麼了嗎？」

「不，不是什麼重要的事。」A子也搖了搖頭，「只是我有點在意，因為你太太倒在床上時，不是戴著眼鏡嗎？我覺得在房間裡戴墨鏡有點奇怪。」

A子覺得本間頓時露出銳利的眼神看著自己，但也可能是自己想太多了。總之，他很快恢復了平靜的表情。

「原來是這樣，經妳這麼一說，好像的確是這樣。但我老婆很喜歡戴眼鏡，即使在家裡的時候，也整天戴著眼鏡。」

「這樣啊，」A子點了點頭，「也許真的有這種人。」

時間到了，她們必須出發了。A子對本間說：

「那我們先走了。」

本間也笑著回答：

「一會兒在飛機上見。」

來到鹿兒島機場時，望月已經在機場等她們了。和第一次見面時相比，他的頭髮很亂，臉上也帶著疲憊，但氣色很不錯。

「昨天晚上接獲消息後，我們立刻在機場附近調查，但並沒有發現相關的事證，所以目前也請東京方面協助調查。」

「來得及嗎？」B子語帶懷疑地問，「東京這麼大。」

「務必要來得及。」望月用力點了點頭。

A子和其他空服員必須在起飛的一個小時前做好準備工作，五十分鐘前得在調度室和機長開會。之後才會進入客艙，通常在起飛前三十分鐘進入客艙檢查。

「來得及嗎？」

B子在檢查閱讀燈時，忍不住擔心地問。聽她的口氣，似乎並不信任望月等刑警的能力。

「他剛才不是說，務必要來得及嗎？」

「哼，」B子用鼻孔噴氣，「漂亮話誰不會說。」

A子從客艙的窗戶看向候機室思考。問題並不在於是否來得及，而是能不能找到那家「店」。人的記憶往往很模糊，也很不可靠。時間久了，真相很可能淹沒在黑暗中。如果警察今天無法找到，可能永遠都找不到了。

「只剩下十五分鐘了。」

B子說。她指的是旅客登機的時間。A子站在舷梯上，略微緊張地等待旅客登機。

因為暑假剛結束，所以搭機的客人很少，幾乎都是身穿西裝的商務客。他們經常搭飛機，也常看到空姐。夏天的觀光客中，有時候會遇到想和空姐合影的老人家，但對於這些經常在東京和鹿兒島往返的商務客來說，最關心的是能夠利用搭機時間看多少資料，根本不把空姐放在眼裡。

大部分滿臉疲憊的商務客登機後，A子低頭看著一個男人緩緩從候機室走來。他看到A子後，輕輕舉起手。當A子發現那個男人是本間時，不禁感到極度失望。

——果然沒有找到。還是說，本間原本就不是凶手？

昨天晚上，她看到B子掉落的洋芋片碎屑，想起在酒吧見到本間時，曾經為他拿走長褲上沾到的垃圾。當時並沒有多想，但事後才想起那是一小片麵包屑。他走進酒吧時，身上有麵包屑。

他身上為什麼會有麵包屑？

從常識的角度思考，他顯然在來酒吧之前吃了麵包，但他是一個人吃麵包嗎？他太太因為不舒服，所以沒有吃？

A子拚命思考起來。

本間太太的胃中殘留了未消化的三明治，但未必是酒吧的服務生送去的三明治。也可以認為有人事先準備了另一份三明治，在讓她吃下之後殺了她。比方說──

抵達飯店後──應該是八點多，本間和太太一起吃了自己帶來的三明治，然後在三十分鐘後殺了她。也就是說，本間太太還來不及脫下高跟鞋休息一下，就遭到殺害了。

本間在行凶後去了酒吧，製造不在場證明，然後讓服務生送三明治去房間。因為如此一來，就可以證明自己的清白。

我們可能被本間利用來製造不在場證明。A子想到了這件事。仔細思考之後就發現，在飛機上肚子痛的人喝酒到深夜未免太不自然了。他在飛機上說肚子痛，應該是想藉此認識空服員。而且他一定知道，A子和其他新日本航空的機組人員經常去『威基基』這家名字很俗氣的酒吧。只要去那裡，就可以釣到可以為他製造不在場證明的肥羊。

本間面帶微笑地踏上舷梯。

但是，還有一個問題。那就是本間太太曾經打電話到酒吧，以及她親自從服務生手上接過三明治。只不過只要有替身，就可以解決這個問題。本間太太戴了一副很大的眼鏡，而且只要戴上假髮，第一次見到她的人應該不會發現。

雖然A子在深夜打電話給望月，但望月聽完之後，聲音變得很開朗。A子問他：

「明天就會逮捕本間嗎？」

但是，望月回答說：

「目前還不知道，雖然這樣的推理可以成立，只不過沒有證據。如果缺乏直接證據，就很難攻破他的不在場證明。」

「那就眼睜睜地看著他逃走嗎？」

「不會有這種事。如果妳的推理正確，本間或是他太太應該曾經在哪裡買過三明治，我會把那家店找出來。」

「可以找到嗎？」

「我會找到。」

他斷言道。

本間沿著舷梯走上來。

如果找到了本間購買三明治的那家店，望月應該會在這個機場逮捕他。但是，本間此刻出現在A子的眼前，意味著望月並沒有找到那家店。

本間站在A子面前。

「請多指教。」

本間說完，露出了這個年紀的人難得一見的潔白牙齒。A子因為職業關係，不加思索地露出了微笑，但是在下一剎那，她的笑容就像是發條娃娃壞了一樣，以不自然的表情僵在那裡。

A子抬頭看著本間，眼角掃到一輛車子駛了過來。那是一輛白色敞篷車，開車的人正是望月，年輕的刑警抓住田邊秀一，坐在他後方。

A子立刻察覺到是怎麼回事。望月找到了那家店，也知道扮演本間太太的替身是誰。原來是這樣。他的身材很瘦小，聲音也很高亢，也許可以扮演這個角色。這兩個人基於相同的動機，共謀殺害了本間太太——這的確是最合理的解釋。

A子再度向本間露出微笑說：

「先生，您好。」

他微微偏著頭，A子微微深呼吸後，伸出手掌指向他的身後說：

「您搭乘的是那一架班機。」

請記得
將您的隨身物品帶下飛機

1

十一月二十日，星期天。十八點三十五分從大阪起飛，預計在十九點三十五分抵達東京的A300客艙內——

「簡直是悲劇。」

藤真美子，也就是B子在檢查照明時嘀咕道。目前是傍晚六點多，她和其他空服員正在做出發前的準備工作。

「我為什麼會遇到這麼悲慘的事？」

「有什麼辦法？難免會遇到這種事啊。」

A子回答。

「嬰兒團？到底誰想出這種無聊的主意？」

B子的圓臉鼓得更圓了。

「當然是旅行社，他們一定以為自己想到了好主意。」

「開什麼玩笑，真希望他們可以為我們想一想。」

她們輕聲說話時，座艙長北島香織從後方走過來叫了一聲：「藤！」B子發出好像打嗝般的聲音，立刻做出了『立正』的姿勢。

「我認為這對妳來說是非常好的經驗，無論是身為空服員，還是身為未來的母親。對了，今天嬰兒團的相關工作就完全交給妳負責。」

「啊！這也太殘酷了。」

「閉嘴！」

香織噴著口水大聲喝斥，「客人就是客人，聽好了，妳要加油。這樣可以激發妳身為空服員的自覺性，體重應該也可以稍微減少一些。」

「喔。」

北島香織抬頭挺胸離開了，B子對著她的背影扮了鬼臉。

嬰兒團是某家旅行社為家有嬰幼兒的年輕夫妻所推出的旅行團。許多夫妻因為家裡有嬰幼兒，所以只能放棄旅行。因為在旅行時照顧嬰幼兒很麻煩，而且也必須顧慮到其他旅客，如果不是住在娘家或是婆家附近，不可能把孩子暫時交給別人照顧。嬰兒團的對象就是這種夫妻，旅行計畫也考慮到有嬰幼兒同行的情況，所以在行程的安排上不會太緊湊，休息的地方也一定挑選有可以照顧嬰兒的空間。最重要的是，所有團員都帶著嬰幼兒同行，不需要顧慮其他人。

嬰兒團的成員即將搭乘A子和B子值勤的班機。B子得知這個消息後，忍不住抱怨起來。

「人類的嬰兒最不可愛，真的小貓熊絕對比娃娃可愛多了。對了，市面上沒有賣人類嬰兒的絨毛娃娃，即使有，也一定賣不出去，因為實在太不可愛了。」

B子心浮氣躁時經常會亂說話，A子笑著聽她說。

六點二十分後，旅客開始登機。A子和其他空服員站在入口迎接旅客。

這班班機平時幾乎都是商務客，一到假日，大部分都是旅行的人。今天也有許多二十出頭的年輕人。

A子發現這些年輕旅客臉上都有相同的表情。如果要用一句話來形容，就是同時帶著困惑、恐懼和憂鬱。

「真是太衰了。」

一個看起來像是學生的年輕男人經過空服員面前時嘀咕道，同行的男人回答說：「是啊，我超累，這下子連覺也沒辦法睡了。」

A子忍不住和身旁的B子互看了一眼。

在半數的客人登機後，空橋後方傳來好像貓被人踩到般的聲音。而且不是一個或是兩個，而是好幾個哭聲交織、混合在一起，慢慢向這裡靠近。

「來了。」B子發出悲壯的聲音，「惡魔的吼叫來了。」

不一會兒，在普通旅客的後方，出現了一面紅色的三角旗。仔細一看，旗幟上畫著嬰兒的漫畫，一個看起來很年輕的長髮女人拿著旗幟。她應該是領隊，雖然長得很漂亮，但臉色鐵青，雙眼佈滿血絲，似乎道出了這趟旅程的艱辛。

跟在她後方的就是嬰兒團的人。

A子之前並不是沒見過帶著嬰兒的旅客，不，A300等級的飛機通常都會有幾個帶嬰兒的旅客，然而眼前看到的景象和之前的經驗完全不同。

看起來像是年輕母親的女人走在前面，抱著孩子的父親跟在後方。這就像是一套組合，相同的組合延續不斷。不知道是否嬰兒對特殊狀況產生了敏感的反應，被父親抱在懷裡的每個嬰兒幾乎都扭著身體哇哇大哭，連空服員說：「歡迎登機，這是往東京的班機」的聲音也完全被淹沒了。

「這是地獄……嬰兒地獄。」

B子無力地嘀咕。

總共有二十五對帶著嬰兒的夫妻，如果在平時，因為顧慮到對周圍人的困擾，他們總是顯得誠惶誠恐，但一大群人在一起，就相互壯了膽。當飛機起飛，禁菸燈熄滅後，他們開始大聲抗議：「這裡有嬰兒」，即使坐在吸菸座位，他們也不讓附近的旅客抽菸。遭到抗議的人想要反駁，但在一大群抱著嬰兒的母親注視下，只好把香菸收了起來。

在北島香織的指示下，負責這個嬰兒團的B子也陷入了苦戰。她還在發小毛巾，那些母親就問她哪裡可以換尿布，甚至要求她幫忙抱一下孩子。不一會兒之後，她就在發小毛巾時，把「請用小毛巾」說成了「請用尿布」，而且在A子提醒之前，她完全沒有發現。

A300最後方的化妝室內有尿布台，但幾乎從頭到尾都有人使用，所以B子必須一直跑來跑去。

而且並不是只有一個嬰兒哭鬧，應該說，只要有一個嬰兒哭鬧，其他嬰兒也會跟著一起大合唱，B子每次都做出滑稽的表情跑來跑去張羅。奇怪的是，雖然她帶著豁出去的態度這麼做，但嬰兒似乎都很喜歡她。

「唉，王八蛋，」B子在奶瓶裡泡牛奶時咬牙切齒地說，「為什麼會遇到這種事！」

「很快就到東京了，再忍耐一下。」

「一直哇哇哭個不停，簡直吵死了。我決定即使以後結婚，也絕對不要生孩子。」

「但妳看起來很適合做這些事。」A子調侃她。

「開什麼玩笑！」B子說著，用力搖著奶瓶。

A子從嬰兒團中的一名母親口中得知，他們這次去了奈良和京都，一路都是搭遊覽車慢遊，並不是在短時間內去很多地方趕行程，而是慢慢玩一個地方。那個年輕母親高興地說，好久沒有體會這種像樣的旅行了。

參加者幾乎都是夫妻加一名嬰兒，但也有幾組是母親帶著嬰兒，可能是幾個有相同年紀孩子的好朋友一起出來旅行。

一陣手忙腳亂後，終於準備降落了。所有人都回到座位上，繫好安全帶後，客艙內稍微安靜下來。因為興奮而哭了半天的嬰兒似乎也都睡著了，A子她們也都坐在組員座椅上。

客艙內的燈光調暗，飛機準備降落。不一會兒，感受到輕微的衝擊，可以聽到引擎聲音急速變慢。

A子看了一下手錶。晚上七點三十七分抵達羽田，幾乎準時抵達。

空服員都站在機艙門前，目送旅客下機。B子走到A子身旁時，一臉精疲力盡的表情。

「我真是受夠了。」

「但這是一次很好的經驗。」

「饒了我吧。」

雖然B子嘴上這麼說，但在嬰兒團的旅客走過來時，B子又忍不住做出滑稽的表情。

「辛苦了，路上小心。」

A子恭敬地鞠躬，送旅客下機。她確認了二十五名旅客手上都抱著嬰兒。

送完旅客下機後，就要檢查是否有旅客遺留的隨身物品。七名空服員分頭檢查行李箱、座位上方和座位前的袋子。

「咦！」

B子突然驚叫了一聲，A子看向她的方向。

「怎麼了？」

「發生什麼事了？」

北島香織也走了過來。

「旅客忘了隨身物品。」

B子回答。

「那趕快送過去。是什麼？」

「是……」

她吞吞吐吐，然後在座椅前彎下身體。

「到底是什麼？妳趕快說啊。」

香織說，但是下一剎那，她也目瞪口呆，說不出話。

B子抱在手上，一雙圓圓的眼睛看著A子和香織。

「旅客忘了把小孩帶下飛機。」

A子不知道該如何形容當時的那幾秒鐘。在場的所有空服員都茫然地站在那裡，看著浴巾包起的東西。

「是嬰兒，」B子重複了一次，「還活著。」

北島香織聽到這句話，終於回過了神。

「那還用說嗎？趕快送去給旅客，他們應該還在等行李。」

「好。」

B子抱著嬰兒衝下飛機，香織對著她的背影說：「不要因為太著急跌倒了，萬一掉在地上，妳可賠不起。」

接著，香織要求A子也一起去。

「我相信應該是嬰兒團的人，話說回來，怎麼會忘了最重要的小孩呢？」

A子笑了笑，也跟著B子跑下飛機。但是，她在奔跑的時候感到不解。二十五組客人中，所有人都帶著嬰兒下了飛機。

衝出登機門時，發現嬰兒團的人正在排隊。A子和B子急忙過去向他們說明情況，隊伍中頓時響起了笑聲。

「怎麼可能忘了孩子？」也有人這麼說。她就是剛才要求B子泡牛奶的母親。

「請各位再確認一次……」

A子說完，看了一行人帶的嬰兒。在看的同時，她忍不住納悶，自己到底在確認什麼。如果遺忘了嬰兒，母親當然會第一個發現。

所有人都抱著自己的孩子，有二十五名嬰兒，完全沒有問題。

「會不會是其他客人的小孩？」

領隊小姐問。這個想法很合理，但是A子等空服員在執行飛行勤務前已經確認過，機上有二十五名嬰兒。

被遺忘在座椅上的「失物」在B子懷裡舒服地發出均勻的鼻息，身上散發出淡淡的牛奶味。

2

「嗯。」

客艙服務課長遠藤抱著雙臂，看著自己的辦公桌。剛才那個「失物」嬰兒正躺在那裡。大家都認為這個嬰兒看起來有約五、六個月大。

「第一次遇到這種事。」

「那當然啊。」金田博子部長回答，「經常遇到這種事還得了？」

「是沒錯啦……是誰發現的？」

「是我。」

B子回答。

「又是妳啊。」課長皺起眉頭，「每次奇怪的事都有妳的份。」

「奇怪是什麼意思？」B子抱起嬰兒，鼓起臉說，「嬰兒是無辜的。」

「要怎麼處理？」

金田部長問。她每問一次，遠藤課長就忍不住嘆氣。

「應該已經廣播過了吧？」

「廣播過了。」

遠藤再度嘆著氣，在嘆氣的同時，看著B子手上抱著的嬰兒。一旁的A子發現他的視線中帶著厭惡。

「是不是可以這麼認為，這個孩子不是從大阪到東京的旅客遺忘的，而是上一班班機的旅客留下來的？」

「不可能。」座艙長北島香織說，「在迎接旅客登機之前，我們一定會檢查客艙，不可能沒有發現這麼大的失物。」

「那為什麼會多出一個嬰兒？」

遠藤嘟著嘴說。

「正因為不知道，所以才在傷腦筋啊。」

因為事情實在太詭異，課長和香織都有點煩躁，但那個嬰兒正天真地和B子玩在一起。

「這孩子和妳很親近嘛，」遠藤不耐煩地說，「該不會是妳在飛機上生下來的吧？」

「不要開這麼惡劣的玩笑，我再怎麼樣也不可能。」

「妳這個人很難說喔。」

「呃……」

始終不發一語的A子開了口，所有人的視線都集中到她身上。A子在年輕空服員中的成績最優秀，高層也對她刮目相看。

「會不會……是棄嬰？」

「棄嬰？」遠藤瞪大了眼睛，但立刻恢復了嚴肅的表情，「有道理，有這個可能。再怎麼大意，過了這麼久，都沒有父母出現也太奇怪了，所以只能認為是有人故意留在飛機上。」

「如果是這樣，」金田部長接著說了下去，「那就是父母把嬰兒塞進行李袋後帶上飛機，在降落前從行李袋裡拿出來，然後直接放在座位上。」

「我認為應該不可能。」北島香織明確地說，「如果長時間放在旅行袋裡，小孩子應該會哭，而且再怎麼樣，把嬰兒放進行李袋裡未免太殘酷了，普通人不可能做這種事。」

她的意見很正確，遠藤也表示同意，「有道理。不過棄嬰的可能性的確很高，既然這樣，就只能報警了。」

「我贊成報警，但反對把嬰兒留在機場警局的冰冷值班室裡，萬一感冒可就傷腦筋了。」

B子表達了意見。嬰兒在她胸前昏昏欲睡。

遠藤噘著嘴，一臉煩悶的表情看著她。

「那要送去哪裡？失物招領處可不會收。」

「那當然啊，你在想什麼啊。」

「也不是走失的小孩……」

「當然不是。」

「那要送去哪裡？」

遠藤偏著頭煩惱時，B子挺起胸膛，撐大了鼻孔。

A子和B子的公寓位在離機場開車約三十分鐘的地方，八層樓的新房子，往都心的交通也很方便。兩房一廳的空間，即使兩個人住也很寬敞。

——實際有二十六個嬰兒，但登機時的確只有二十五個，唯一的可能，就是有人偷偷把嬰兒帶上了飛機。到底有什麼方法可以把嬰兒偷帶上飛機？

吃完飯後，A子坐在餐桌旁，拿著便條紙挑戰這個謎團。浴室傳來嬰兒響亮的哭聲，以及B子不時哄嬰兒的聲音。

她之前還說不想生小孩。A子忍不住苦笑。

——好……

她在便條紙上列舉了把嬰兒偷帶上飛機的方法。大致有以下幾種方法：

1.把嬰兒藏在行李袋或是紙袋內搭機。

2.好幾個人集體掩護，避免被空服員發現。

3.讓嬰兒穿上大一點的衣服，假裝是幼兒。

但是A子認為這些方法都不可行。正如北島香織所說，1的方法會有心理障礙，一旦嬰兒哭鬧就破了功。2的方法最簡單，但即使有再多人掩護，被發現的可能性仍然相當高。因為空服員仔細觀察的能力不容小覷。A子認為3的方法很有趣，但嬰兒要假扮成幼兒很困難，而且空服員完全不記得有這件事也很奇怪。

——果然是1的方法嗎？會不會讓嬰兒吃安眠藥睡著，然後放進行李袋……現在的年輕父母會若無其事地做這種事嗎？

也許要自己當了父母之後才知道。A子難得沮喪時，B子抱著嬰兒走出了浴室。

「這個小鬼頭，真是折騰死我了。」

嬰兒渾身通紅，B子的臉也紅通通。A子把事先準備好的浴巾遞給她。

「原來是男嬰。」

A子看著B子為剛洗完澡的嬰兒擦拭身體時說，然後覺得嬰兒很大。如果要裝在行李袋或是紙袋裡，體積就會很大。今天登機時，並沒有旅客手上拿著大行李。

「果然不行。」

她自言自語般嘀咕。

那天晚上，A子聽到聲音醒了過來。她很少在半夜醒來。該睡的時候必須好好睡，也是身為空服員的條件。

鬧鐘指向三點多。她的房間和客廳之間有一道紙拉門，紙拉門的縫隙中透出一道光線。

A子坐了起來，把拉門打開幾公分，向客廳內張望。看到B子在睡衣外穿著開襟衫的背影。

她抱著嬰兒，小聲唱著歌，在客廳內走來走去。A子豎起耳朵聽她在唱什麼，發現原來是在唱〈Mr. Lonely〉。

桌上放著空奶瓶和一盒紙尿布。

A子關上了紙拉門，再度鑽進了被子。

3

隔天，新日航機組人員休息室陷入一片混亂。

機場警局派來負責這起案子的女警，向B子等人瞭解情況。女警姓金澤，四十歲左右，體格很健壯，口齒清楚，發問時很懂得把握重點。

「棄嬰的可能性的確很高。」女警點了點頭，「雖然不知道是怎麼把嬰兒帶上飛機，但沒必要為這個問題傷神。請問有沒有旅客名單？」

「有。」遠藤回答。

「如果是棄嬰，父母很可能使用假名字，但我們會聯絡所有人，如果仍然找不到線索，可能會借助媒體的力量，只不過嬰兒的父母目前可能感到後悔，所以希望不要把事情鬧大。」

「我瞭解。」遠藤點頭答應。

之後，金澤提議可以先把嬰兒交給警方，遠藤喜形於色，但遭到B子嚴正拒絕。她今天剛好休假，於是決定再由她負責照顧一天。

B子撿到嬰兒的傳聞很快就在公司內傳開了。沒有勤務的機師都好奇地跑來看熱鬧。

傳聞常常會在傳播的過程中走調，跑來看熱鬧的機師中，有三分之一以為嬰兒是B子的私生子。

空服員當然比機師更加興奮，紛紛利用飛行勤務的空檔來抱抱嬰兒，或是餵食點心，簡直把他當成活著的吉祥物。嬰兒也在不知不覺中有了「小鬼頭」這個名字。

時間慢慢過去，但小鬼頭的父母始終沒有現身。五點時，接到了機場警局的金澤打來的電話。

遠藤接完電話後，找來金田部長、A子和B子，向她們說明情況。金澤似乎聯絡了所有旅客，發現完全沒有人用假名字，也沒發現有人棄嬰。

「她說打算運用報紙和電視向民眾呼籲，因為這起事件很離奇，媒體也願意報導。」

「啊？要上電視嗎？」

B子雙眼發亮，然後她高舉起嬰兒說：「小鬼頭，太棒了。」

小鬼頭哭泣的臉透過那天晚上的新聞報導傳遍了全國。抱著他上電視的當然是B子，她在記者的包圍下，難得露出嚴肅的表情接受採訪。

「嗯，我覺得腮紅應該再擦深一點。」

B子看著自己在電視上的樣子說，她錄下了所有新聞節目，看了一遍又一遍，然後似乎覺得有點不好意思，回頭對A子說：「妳應該和我一起上電視。」A子每次都回答說：

「不用了，這件事和我沒有關係。」

其實電視台的人曾經希望由A子抱著嬰兒上鏡頭。因為空服員在飛機上發現棄嬰的主題很有趣，所以他們希望很有空服員味道的女人出現在電視螢幕上。

「而且上鏡頭時，人看起來會比實際胖。」

遠藤聽到這句話，認為言之有理，於是找來了A子，但A子拒絕了，這件事也就不了了之。因為A子不希望因為這種無聊的事和B子無法繼續當朋友。

「希望他的父母可以主動出面。」

B子似乎終於感到心滿意足，關掉了電視。

「雖然不知道父母會不會主動出面，但至少希望親戚或是附近的鄰居看到，然後和警方聯絡。」

「如果不是父母出面，我絕不會把孩子交給他們。」

B子半開玩笑地說，但A子發現她的眼神很認真，忍不住愣了一下。

隔天A子和B子都休假，兩個人難得打算好好睡一覺，但八點左右就響起電話鈴聲，把她們吵醒了。早上都由A子負責接電話，因為B子剛睡醒時聲音很啞，而且會有起床氣，可能會激怒對方。

A子昏昏沉沉地接起電話，但得知是機場警局打來的電話，整個人都醒了。
「是……是……我知道了。」
她一掛上電話，立刻走去B子的房間。
「B子，男嬰的母親出面了。」

4

遠藤課長、金田部長和A子、B子都在新日航的會客室內，等待和男嬰的母親見面。機場警局的金澤副警部帶著一個年輕女人走了進來。

那個女人很消瘦，氣色也很差，但A子觀察了她的服裝和配件，知道她的生活水準絕對不低，所以猜想她的消瘦和氣色差，只是這兩三天的事。

女人一抬起頭，立刻看向B子。正確地說，是看向B子抱著的嬰兒。她向前走了兩三步，B子站了起來，伸出雙手，把男嬰出示在她面前。

女人又走了幾步，把手伸向男嬰，臉上的表情僵硬，緊抿著嘴。B子繼續伸著手，緩緩把嬰兒遞給女人。A子發現當嬰兒離開B子的手時，她情不自禁垂下了眼睛。

沒有人說話。會客室內充滿緊張的氣氛。

這時，男嬰發出了呵呵的聲音。他笑了。所有人都驚訝地抬起頭。

抱著嬰兒的女人雙腿一軟，跪在地上，喉嚨深處發出壓抑的聲音哭了起來。

女人名叫山下久子。她的丈夫在貿易公司上班，目前正在德國出差。他們住在神戶的大廈內。

「我完全不知道這是怎麼回事。」

久子如此回應了兒子被丟棄在飛機上這件事。

「妳的兒子什麼時候不見的？」

A子問。

「兩天前。因為那天天氣不錯，所以我帶著知介，開車去京都玩，但在我去上廁所時，他竟然就不見了。」

知介似乎是男嬰的名字。

「地點是在哪裡？」

金澤副警部問。

「在圓山公園，八坂神社旁……我記得是兩點左右。」

原來是在京都。A子在記憶中搜尋，記得嬰兒團那行人去了京都和奈良，他們很可能在圓山公園曾經和久子有過交集。

「這是綁架嗎？」

金田部長問金澤副警部。副警部輕輕點了點頭回答說：「有這個可能，如果是這樣，代表綁匪中途放棄了。」金澤又問了久子男嬰被抱走時，身上穿的衣服。

「棕色熊寶寶的嬰兒服。」久子回答，「從頭到腳都可以包住，頭上有兩個熊耳朵。」

A子覺得好像在哪裡看過這件衣服。

「無論如何，能夠找到媽媽真是太好了。接下來的事，就交給警方處理吧。」

遠藤鬆了一口氣說，久子抱著知介深深鞠了一躬。

「真的很感謝你們，下次我會登門好好道謝。」

當新日航的高層也打算欠身向她致意時，B子用陰沉的聲音說：

「不必了。」

久子驚訝地抬起頭，B子繼續對她說：

「如果妳下次再這麼不負責任，我會揍妳。」

久子目不轉睛地看著B子，流下了一行眼淚，然後再度緩緩鞠了一躬。

和大家道別後，A子和B子走進機場內的咖啡店，召開了作戰會議。

「我覺得這件事一定和嬰兒團有關。」

「我也這麼覺得，那個媽媽說去了京都。」

B子以驚人的速度把巧克力聖代送進嘴裡，點了點頭。每當遇到不順心的事或是生氣的事，她就會暴飲暴食。

「問題是那個帶男嬰上飛機的人為什麼要拐走男嬰。」

「一定是覺得太可愛，情不自禁下手。」

B子似乎仍然處於情緒激動的狀態。A子苦笑起來。

「這種事稍不留神，就可能變成重大犯罪，我認為應該有充足的動機，但參加嬰兒團的人下手綁架聽起來很奇怪。」

「我認為是在衝動之下抱走了男嬰。」

雙方都無法接受對方的意見，這正是重視邏輯性的A子和憑感覺判斷事物的B子之間的差異。

「下雨了。」

A子看著窗外說。跑道慢慢變成了黑色，「我們還是先回家吧。」

「好啊，我也有點累了。」

她們兩個人站了起來。

在收銀台結完帳，正準備離開時，A子隨手伸向旁邊的傘架。因為傘架上有一把很眼熟的雨傘，但隨即想到自己並沒有帶傘，慌忙把手縮了回來。

「怎麼了？」

B子問道。

「不，沒事，只是產生了錯覺。」

A子說完後笑了笑，隨即倒吸了一口氣。男嬰該不會因為意想不到的原因被人抱走？

「B子，我們再去另一家。」

A子拉著B子的手，走進了旁邊一家咖啡店。

「怎麼回事？為什麼突然又要喝咖啡？」

B子坐下之後，一臉納悶地問。

A子先喝了一口水後說了起來。

「因為我們一直以為有人綁架男嬰，所以猜不透那個人的動機。但也許那個人原本並不打算綁架，只是剛好變成了這樣的結果。」

「妳不要說這種我聽不懂的話。」

B子雙手按著太陽穴。

「所以到底是怎麼回事？」

「我剛才不是在傘架前打算拿傘嗎？因為我看到有一把傘和我的一模一樣。我根本沒有帶傘，但我忘了這件事，產生了錯覺。也許抱走男嬰的人也一樣，也就是在山下久子去廁所時，有人誤以為是自己的孩子，所以才把他抱走了。」

「怎麼可能？抱起來之後應該會發現吧。」

B子的一雙圓眼睛瞪得更大了。

「照理說應該會發現，但也許有好幾個因素導致那個人沒有及時發現，比方說，衣服剛好一樣。」

「但即使沒有馬上發現，之後應該會發現。一旦發現，只要放回原來的地方就好。」

「也許沒辦法呢？如果抱錯了小孩之後，又去了其他地方，就只能報警，或是找一個地方丟掉。」

「太過分了。」

「真的很過分。所以，那個傢伙決定把小孩丟在飛機上。」

「嗯。」B子低吟了一聲，臉頰漸漸紅了起來。「我不能原諒這種人。」

「我也有同感，所以我有一個提議，要不要去舉辦嬰兒團的那家旅行社？我打算去找當時的領隊，問她離開京都時，有沒有哪對夫妻帶了兩個嬰兒。」

「當然OK啊，事到如今，一定要追查清楚。」

B子用力拍著桌子。

機場內就有旅行社的分公司，於是請那裡的工作人員協助聯絡，在傍晚時見到了當時的領隊。領隊名叫坂本則子，仍然記得之前的棄嬰風波。

A子首先為佔用她的時間道歉，然後確認嬰兒團是否曾經去京都的圓山公園。則子回答說：「去過。」

「幾點的時候？」

「我記得兩點左右。」

和山下久子所說的時間一致。A子和B子互看一眼。

「你們之後又去了哪裡？」

「上遊覽車之後，就去大阪機場了。四條附近是那個旅行團的最後一個行程。」

如果把抱錯的嬰兒帶上遊覽車，即使中途發現這件事，也會直接去大阪機場。

「在圓山公園時，是自由活動嗎？」

「對。」則子點了點頭。

「比方說，」A子舔了舔嘴唇，略微緊張地問，「如果有一名團員抱錯了嬰兒，搭上了遊覽車，會立刻發現嗎？」

連A子自己都覺得這個問題很奇怪。坂本則子一臉茫然地注視著她的臉，然後問：「妳說什麼？」

「我的意思是，如果有人抱錯小孩的話，會馬上發現嗎？」

A子換了一種方式表達，則子這才終於聽懂了她的意思。

「如果那對夫妻故意抱走其他孩子，混上遊覽車，恐怕不會知道，但應該不可能抱錯其他孩子。」

「比方說，會不會有這樣的情況？父親帶著嬰兒，母親和他們分頭行動。結果母親去了廁所，出來之後，發現有一個很像自己孩子的嬰兒躺在那裡，母親以為是自己的孩子，於是就帶上了遊覽車。」

這是在和則子見面之前，A子想到的推理。

「雖然並不是不可能，但如果是這樣，太太在見到先生時，應該就會馬上發現了。因為一下子變成了兩個小孩。」

「先生和太太在遊覽車上都坐在一起嗎？」

如果座位分開，可能先生和太太各抱了一個孩子，卻沒有馬上發現。

沒想到則子的回答很明快。

「對，都坐在一起。」

「是喔……」

也對。A子接受了這個答案。因為夫妻沒必要分開坐。當她在思考下一個可能性時，則子開了口。

「但是……」

「但是？」A子注視著她的嘴。

「也有這種可能。因為遊覽車後方的座位都空著，很多父母就把那裡當作是嬰兒的床，所以去圓山公園時，有些夫婦把孩子放在車上，自己下了車。如果夫妻中有其中一方像妳剛才說的，因為錯覺而把其他嬰兒抱上車時，也許不會馬上發現。」

「一定就是這種情況。」B子說。

「但是，」則子一臉冷靜的表情看著B子，「即使邏輯合理，但實際上也不太可能。因為如果不是自己的孩子，應該會馬上發現。」

B子也點了點頭，抱著雙臂。

「真的未免太迷糊了。」

「不管是不是迷糊，的確存在這種可能，對嗎？」

A子向則子確認，則子皺著眉頭說：「是有這種可能性。」

「請問那張照片有帶來嗎？」

「我帶來了。」

則子從皮包裡拿出一張照片，那是嬰兒團的團體紀念照，所有參加者的合影。

A子打量照片之後，交給了B子。B子瞥了一眼，立刻「啊！」地叫了一聲，「棕色熊寶寶嬰兒服！」

A子也點了點頭。前排右側第二個嬰兒穿了這件衣服，一個二十多歲、一頭短髮的女子抱在手上，站在她旁邊的丈夫看起來像銀行行員。

「妳記得這對夫妻嗎？」

A子指著那對夫妻問則子，則子想了一下後說：「對，我記得他們。」

「有沒有什麼令妳印象深刻的事？」

「不知道欸，印象……」

則子想了一下，看著A子和B子。

「我想起來了，在圓山公園曾經發生過一件事。下了遊覽車後，幾乎所有人都馬上衝去廁所，但有一個小孩躺在廁所前的長椅上。於是我就把小孩抱起來四處張望，照片上的這位太太從廁所走出來後對我說：『不好意思，謝謝妳。』我對她說：『孩子睡得很熟，要不要抱上車？』她回答說：『拜託了。』於是我就把那個嬰兒抱上車了。」

「這就對了。」B子大叫起來，「那個嬰兒就是小鬼頭。」

A子也用力點著頭，則子不安地垂下雙眉說：

「請問……我是不是做錯了什麼？」

B子在臉前搖著手。

「沒事，沒事，不是妳的錯。」

「妳還記得關於這對夫妻的其他事嗎？從京都到大阪機場之間，應該發生過一些狀況。」

A子問，則子微微偏著頭，隨即想起什麼似地瞪著半空說：

「對了，我記得那位先生從機場去了大阪。」

「去大阪？」

「對，所以只有太太帶著孩子一起搭上飛機。」

「只有太太和孩子……」

這次輪到A子看著半空。

「去大阪是騙人的。」

A子看著班機時刻表說，「我猜想他應該帶著自己的孩子搶先回到東京，全日空晚上六點有一班從大阪出發的班機，八成是搭那架班機。」

「然後那個太太帶著小鬼頭搭了我們那一班飛機。」

B子大口喝著熱水兌燒酒說道。

「不光是小鬼頭，還有和小鬼頭差不多大小的娃娃，我猜想應該事先準備了充氣娃娃。這種東西在機場的商店就可以買到。」

「然後在降落之後，把小鬼頭的衣服穿在娃娃上，在飛機降落，大家都走下飛機後，把小鬼頭放去其他座位上，自己抱著娃娃下飛機。」

「搶先一步到東京的先生就等在領取行李的地方，然後把娃娃和自己的親生孩子調包。」

「當我們慌慌張張跑過去時，他們已經調包完成了，所以剛好有二十五個嬰兒。」

「太完美了。」

「簡直完美得令人驚訝。」

「怎麼辦？」

「那還用問嗎？」

B子把燒酒一飲而盡。

「我無法原諒。」

5

及川早苗每週三都會去附近的網球學校。結婚至今兩年，她漸漸覺得有點運動不足，所以一個月前開始去打網球。

她每次都開車去網球學校，那裡有可以臨託嬰兒的設施，所以早苗覺得很感激。

——目前好像沒有人發現，暫時可以鬆一口氣了。

在等號誌燈時，早苗看著躺在副駕駛座上的兒子勉，嘴角露出了笑容。老實說，這一個星期她都過得忐忑不安。

當她在報紙上看到那個嬰兒找到媽媽時，她發自內心感到高興，但隨即擔心自己做的事也會曝光。一旦發生這種事，就會對丈夫的升遷產生影響。

但目前似乎不必擔心這種事，大家也漸漸遺忘了這件微不足道的事。

話說回來，自己真的做了傻事。早苗回想起來，忍不住這麼想。

當遊覽車抵達圓山公園時，原本打算把勉留在車上，他們夫妻自己去參觀，沒想到勉哭了起來，於是丈夫和雄抱著他下車。

她先去上了廁所。

早苗上廁所時，和雄應該抱著勉。但是，當她走出廁所時，發現領隊坂本則子抱了一個和勉穿相同衣服的嬰兒。

她以為是和雄把孩子交給了領隊，領隊問她，要不要把孩子抱上車。她接受了領隊的提議，之後就沒有等和雄，獨自去參觀了八坂神社。

過了一段時間之後才見到和雄，當時他手上抱著勉。

早苗以為和雄有什麼事回到車上，順便把勉抱下了車，所以並沒有多問，和雄也沒有多說什麼。

直到遊覽車出發，打算把睡著的勉放下來時，才發現出了問題。因為那裡已經躺了另一個嬰兒，因為那個嬰兒身上的衣服和勉一樣，所以早苗知道自己抱錯了。於是她與和雄商量對策。

和雄說，只能報警，然後向對方道歉。但是，早苗不願意。不管是基於任何理由，被人知道把別人的孩子誤認為是自己的孩子抱回來這件事，一定會成為笑柄。

於是就想出了把嬰兒留在飛機上的方法。雖然這個方法很大膽，但因為機場內實在很難找到可以丟孩子的地方。

和雄帶著勉先搭機回東京，早苗在飛機上把嬰兒和娃娃調了包，然後若無其事地下了飛機，再從等在領取行李處的和雄手上接過勉，把娃娃交給他——一切都很順利。之後雖然空服員趕過來確認，但似乎並沒有懷疑自己。

總之，以後要更加小心謹慎——早苗再度這麼告訴自己。

來到停車場後，她把運動袋搭在肩上，抱著勉走向運動場。這所網球學校唯一的缺點，就是停車場離運動場有一小段距離。

她走了一小段路時，一個年輕女人迎面走來。她戴了一副圓眼鏡，身材有點胖。

「我是托兒所的人，要不要把孩子交給我？」女人對早苗說。

早苗沒有見過這個女人，但很高興有人可以接手抱勉。應該是這所學校推出了新的服務項目。

「這孩子真可愛。」

女人說完，把勉抱在手上，走向和網球學校相反的方向。早苗看著她離開，當女人走進隔壁那棟大樓時，她突然感到不安。

「喂，妳要帶我兒子去哪裡？」

早苗慌忙追著那個女人衝進了大樓，看到女人跑上樓梯。早苗也追了上去。

那是一棟六層樓的大樓，女人抱著勉一直往上走，而且速度很驚人。早苗上氣不接下氣地追趕，完全搞不懂自己怎麼會遇到這種事。

女人終於來到頂樓，早苗也跟著來到頂樓平台。女人抱著嬰兒，站在平台最角落的位置。

「妳……是誰？」

女人沒有回答，然後轉身背對著早苗，把手上的嬰兒丟到欄杆外。

「啊！」

早苗發出宛如野獸般的慘叫聲，用力抓住了欄杆。女人丟出去的東西掉落在停車場，摔得粉碎。丘比特娃娃的脖子也斷掉了。

「啊，娃娃……」

當早苗小聲嘀咕時，身旁的女人用力抓住她的肩膀，讓她轉過身。

然後，女人甩了她一把掌。平台上響起悶悶的聲音。

這時，早苗聽到背後傳來嬰兒的聲音。她一回頭，看到一個身材高挑的女人抱著勉。

早苗跌跌撞撞地跑了過去，從女人手上搶過了勉，然後癱倒在地，大聲哭了起來。

B子拿下眼鏡，走向站在女人身旁的A子。

「走吧。」

A子點了點頭，邁開了步伐。當她離開屋頂平台時說：

「下次不要再讓我做這種事。」

「我知道。」B子用帶著哭腔的聲音回答。

相親座位上的灰姑娘

1

二月二十七日，星期五。十七點五十五分從鹿兒島出發，預計將在十九點二十五分抵達東京的A300客艙內——

飛機即將起飛，B子，也就是藤真美子和其他空服員正在做起飛前的最後確認。飛機上總共有一百四十五人，只有滿載人數的一半。

完成安全確認後，空服員也都坐在座位上，繫上安全帶。她們的座位稱為組員座椅，都在逃生口附近。

但是，機上的旅客座位都朝向飛行的方向，組員座椅卻面對相反的方向。因此，坐在組員座椅後面那一排的旅客就會和空服員面對面。A300第九排的A、B、G、H和二十九排的A、B、G、H座位被稱為「相親座位」。

聽說之前曾經有空服員在「相親座位」上遇到了理想的男子，然後順利步入禮堂。

但是，B子不太相信這個傳聞。因為她曾經坐過這幾個座位多次，從來沒有遇過理想的男性坐在那裡。不是大腹便便的中年男人，就是聒噪的大嬸。中年男人通常都露出色眯眯的眼神看過來，一旦和大嬸聊起來，就真的會沒完沒了。

這一天，B子坐在組員座椅上時，也沒有抱任何期待。因為坐在這個座位時，必須隨時注視旅客的狀態，隨時因應緊急事態，所以她仔細巡視客艙。

飛機準時從停機位置出發，加速感急速增加，安全帶微微拉緊。機身突然浮起，窗外的風景傾斜起來。

兩三分鐘後，禁菸燈就滅了。坐在B子對面的旅客也拿出了香菸，她這才第一次看向今天的「相親」對象。

她大吃一驚。

因為那個男人也注視著她，而且並不是偷瞄，而是從正面凝視她，好像看著她出了神。

B子忍不住移開了視線，但並不是因為厭惡。

——好帥。今天中了頭彩。

她忍不住這麼想。因為那個男人剛好是B子喜歡的類型。

男人大約三十歲左右，穿了一套合身有型的深綠色西裝。皮膚黝黑，五官輪廓很深，身高看起來有將近一百八十公分。B子覺得他的領帶也不是便宜貨。

「請問……」

男人開了口，B子急忙把頭轉向他。

「我可以抽菸嗎？」

他拿出一支菸問道。他似乎怕煙會熏到B子。

「沒問題。」

B子對他露出微笑，然後覺得他的聲音聽起來很飽滿、性感，暗暗打了合格分數。

「空姐真辛苦。」他小心地吐著煙說，「無論遇到怎樣的旅客，都必須服務旅客，而且還要隨時保持微笑，我覺得是重度的體力工作。」

「是啊，但也有許多愉快的事。」

B子露出一本正經的表情回答。

「聽說訓練也很嚴格，我記得以前在電視上看過。」

「也不至於那麼嚴格，即使是普通人，只要好好努力，就可以完成。」

B子若無其事地說道，如果當年訓練時的教官聽到這些話，一定會瞪大眼睛。更何況她當年在同期中，是以吊車尾的成績勉強通過檢定考試。

「空姐都是美女，男人如果可以娶到空姐，真是前世修來的福氣。」

「啊喲，你真會說話。」

難得有人對B子說這種話，所以她忍不住瞇起眼睛，露出了笑容。通常只有閨中密友A子，也就是早瀨英子才會聽到這種話。A子很優秀，而且和體態豐腴的B子不同，是個瓜子臉的美女。

繫安全帶的燈熄滅之前，男人和B子聊了很多話。B子也和他聊得很愉快，因為聊得太投入，座艙長北島香織忍不住數落了她幾句。

在飛機降落前，B子再度坐在組員座椅上。眼神和那個男人交會時，男人對她笑了笑，B子也微微紅了臉，露出微笑。

「希望下次還有機會見到妳。」

男人說。

「是啊。」

B子抬起頭回答後，忍不住手足無措。因為她發現男人的眼神比她想像中更認真。

「我是說真的。」

男人沒有移開視線，飛機在跑道上滑行時，他仍然從正面注視著B子。

回到公寓，B子脫下大衣時，一口氣說了相親座位的情況。聽眾當然是A子。

「太棒了。」正在吃手工餅乾的A子說，「很難得會有年齡和我們差不多的男人坐在那個座位。」

「不光是年齡剛好，而且英俊瀟灑，看起來很善解人意。」

「越來越難得了。」

「而且個子很高。」

「聲音也很好聽吧。」

「穿西裝也很帥。」

「太好了，你們什麼時候見面？」

A子問。B子愣了一下。

「什麼時候？」

「我是說約會啊，他不是說，希望再見到妳嗎？」

「喔……」

B子滿面愁容。

「他只是說，希望有機會再見到我，所以我們並沒有約定要見面。」

「原來是這樣，不過真難得啊，妳以前遇到這種情況，都會很積極推銷自己。」

「就是啊。」

B子在說話時，忍不住偏著頭，「太奇怪了，我很擅長不經意地把聯絡方式留給對方，今天卻完全不想這麼做。為什麼會這樣？」

「可能是因為他實在太帥了，所以妳太緊張了？」

A子說完，覺得很好笑地笑了起來。

2

那天之後，B子多次在鹿兒島往東京的那班班機上值勤，但從來沒有再遇到過那名男子。原本覺得如果上次他是因為工作關係搭那班飛機，之後有可能再度搭乘，但他似乎並不是頻繁在鹿兒島和東京之間往來。

——早知道應該問一下他的職業。

B子感到很後悔，但即使知道了他的職業，也不見得有什麼幫助。

「機會就是這樣溜走的。」

B子每次搭鹿兒島回東京的班機回到家時，經常會忍不住這樣向A子抱怨。幸好她原本就是很懂得轉換心情的人，兩個星期後，就把這件事拋在了腦後，整天嚷嚷著「啊啊，不知道哪裡可以遇到有錢又帥的真命天子」，讓A子很受不了。

在B子遇到那個男人二十多天後，接到了他的電話。而且他直接打到家裡。

A子接起了電話，當她告訴B子是誰打來電話時，B子只裹了一條浴巾，就從浴室衝了出來。

男人為突然打電話道歉後，問B子是否還記得他。「當然記得啊。」B子用極有女人味的聲音回答，在一旁喝紅茶的A子忍不住嗆到了。

他自我介紹說，他姓中山。

「我很想再和妳見面，不知道妳方便嗎？」

中山口齒清晰地問，和在相親座位見到他時一樣。

「嗯，好啊……沒問題。」

B子在回答時，忍不住握緊電話，在內心高呼萬歲。

在約定見面，掛上電話後，B子忍不住做出了勝利的姿勢。

「太好了，我要和他約會了。」

「好厲害，我有點嫉妒妳了。」

「他說會開車來接我，我要穿什麼好呢？」

「他是做哪一行的？」

A子問。欣喜若狂的B子愣住了。

「慘了，我忘記問他了。但既然開車來接我，就意味著他不至於太窮，而且他上次穿的衣服看起來很高級，應該是很有成就的上班族。」

B子一廂情願地這麼認定。

約會的日子終於來了。

在約定的時間，出現在約定地點的是一輛頂級賓士，而且還有司機。B子光是看到這一幕，就渾身緊張起來。

「不好意思，臨時這樣約妳。」

中山引導B子上車時說。他的身上散發出淡淡的男性古龍水香氣。B子覺得他對氣味的品味也很出色。

「我們先去吃飯，不知道妳喜歡法國菜嗎？」

中山確認她點頭後，對司機說了地點。

「好。」司機回答時，口齒也很清晰。

「中山先生，請問你做什麼工作？」

車子開了一陣子後，B子問。中山笑著說：

「我本身是做進口商品的仲介，但收入並不算高。」

「本身？」

「就是指我的工作的意思，但其實我父母留下了遺產，我用那些錢做投資，那方面的收入反而更理想。」

「原來是這樣。」

B子在點頭的同時，內心忍不住竊笑。他提到父母的遺產，就代表他的父母已經不在人世。即使以後結了婚，也不必擔心被公婆欺壓。

——而且他還很有錢。

簡直是極品。她忍不住想。

在等號誌燈時，中山叫了一聲：「田村。」司機似乎姓田村。

「是。」司機回答。

「她是不是和我說的一樣？」

「是啊。」

司機從後視鏡中看著B子。B子發現了他的視線，忍不住抖了一下。她也不知道為什麼。

「你是不是很驚訝，竟然有這樣的女人？」

「太驚訝了。」

「你不覺得她正是我想要找的人嗎？絕對再也找不到第二個這麼理想的對象。」

「你說得對。」

司機深深地點了好幾次頭。

B子在聽他們的對話時既高興，又有點不知所措。雖然知道他們在稱讚自己，但他們說話的方式讓她有點在意。更何況會在第一次約會的女生面前聊這些嗎？即使是奉承，似乎也有點過頭了。

中山和司機的對話到此為止。因為號誌燈變綠燈了。

中山帶B子去了一家位在住宅區內獨棟的法國餐廳，她之前曾經在雜誌上看過關於這家店的介紹，報導上寫著，這家餐廳至少要提前一個星期預約。

「我經常來這裡，這裡最適合密談。」

中山說完，向她扮了個鬼臉。

點完菜之後，看起來像是餐廳經理的人過來打招呼。經理很瘦，頭頂有點稀疏，他看B子時的眼神很真誠。

「雖然我無意自誇，」經理離開後，中山開了口。B子仍然很緊張地看著他，「我的資產應該有二十億左右。」

B子默默點了點頭。因為她說不出話。

「我沒有父母，我媽在我讀中學時車禍身亡，我爸去年生病死了。」

B子還是沒有吭氣。這次是不知道該說什麼。

「但是，我家有很多親戚，叔叔、姑姑、堂兄妹全都有。」

「真熱鬧啊。」

B子終於說了話，但立刻後悔自己的回答很無聊。

中山開心地笑了起來。

「如果只是熱鬧也就罷了，但扯到金錢就很傷腦筋了，尤其金額很大的話。」

「有什麼問題嗎？」

「有很多問題。」

服務生送葡萄酒上來，用熟練的動作為他們倒酒。

「我們先來乾杯。」

中山舉起杯子。B子也用微微發抖的手舉起了杯子。

B子他們在吃飯時，司機田村一直在車上待命。當他們走出餐廳時，他立刻下車，為B子打開車門。

田村的個子並不高，以男人來說，算是比較矮。他的身材有點胖，圓臉，皮膚很白，戴了一副樸素的金框眼鏡。年紀看起來不到二十五歲，B子覺得他不太像司機。

「去那家酒吧。」

中山對司機說，田村微微點頭後，把車子開了出去。

「那家店很安靜，」中山對B子說，「是會員制的酒吧，普通人無法進去，很適合好好聊一聊。」

「喔……」

B子不置可否地應了一聲，看著中山的側臉。因為她覺得中山說「好好聊一聊」這句話時似乎話中有話。他剛才在吃飯時也說了奇怪的話，說「這裡最適合密談」。

她覺得吃飯時聊天很開心，中山聊天的話題很豐富，對所有事都有深入的瞭解，對飛機的認識比B子更詳細。

但是，B子總覺得中山沒有對自己敞開心房，有一種隔著玻璃聊天的感覺。一旦這麼想，就覺得他說的那些溫柔話語聽起來很虛假。

酒吧位在一個很難找的地方，入口看起來像倉庫的後門，完全沒有掛任何招牌。B子覺得不是會員的客人應該不會去那裡。

酒吧內差不多有四十個座位，有爵士樂的現場演奏。中山一走進店內，看起來像是經理的人就立刻向他打招呼。

「我相信妳已經大致瞭解我這個人了。」

中山在角落的桌旁坐下後說，B子默默點了點頭。

「所以，我想拜託妳一件事。」

「拜託？」

「……這種說法可能不太好，也許該說是請求，總之，只有妳能夠幫這個忙。」

「是……」

B子抬眼看著中山，不知不覺揪緊了裙襬。

「我希望妳和我結婚。」

「……」

「妳似乎很驚訝，但請妳理解，全世界的女人中，沒有人比妳更適合成為我的新娘了。」

「他向妳求婚了？」

正在倒茶的A子手上的茶壺差一點掉下去。

「是啊，他說希望我和他結婚。」

B子在換衣服時哼著歌。

「但你們不是今天才見面嗎？進展會不會太快了？」

「見面的次數不是問題，重要的是感覺。」

「感覺……」

「他對我說，我是全世界最理想的女人。任何女人聽到這種話，都不可能不動心。」

「喔，是喔。」

A子一臉不悅的表情，把茶放在B子面前，「妳怎麼回答？」

B子鎮定自若地說：「當然答應了啊，那還用問嗎？」

「妳要結婚了嗎？」A子問，她的聲音變得很尖。

「因為他有數十億的資產，我覺得這輩子不會再有這種機會了。」

「等、等一下，那妳和我的約定呢？當年一起受訓時，我們不是曾經發誓，如果要辭職的話，兩個人要一起辭嗎？」

「喔，妳說那個啊。」

B子用鼻子冷笑。

「什麼那個啊，妳根本不當一回事。當初的發誓是假的嗎？」

「並不是假的，只是我沒想到會遇到這種事。既然可以成為貴婦，當然隨時可以辭去空姐這種工作啊。」

「真受不了……但是，妳就這麼輕易決定嗎？這可是一輩子的大事。」

「妳不要說得這麼誇張，等我成為億萬富翁後，一定會請妳吃飯。」

「我覺得結婚不是錢的問題。」

「妳還真頑固，妳再這樣頑固下去，真的會嫁不出去。」

「不必管我的事……」

「先別說這些，我有一件事想拜託妳。」

B子看到A子的茶喝完了，為她倒茶時，對她露出意味深長的眼神。她有事相求時，每次都用這種態度。

A子一臉很受不了的表情，看著B子的圓臉。

「妳還真了不起，在眼前這種狀況下還敢拜託我。」

「這正是我的優點啊——我想拜託妳的事也和這件事有關，我希望妳陪我去見見他的親戚。」

「他？妳是說那個億萬富翁嗎？」

「對啊，我希望妳和我一起去見他的親戚，然後為我美言幾句。」

「我嗎？」A子問，「妳吹捧自己就可以了吧？妳不是很擅長這種事嗎？」

「因為自我吹捧很沒有說服力啊。」B子若無其事地說，「總之，中山家的親戚都是一些貪婪的傢伙，他的父親去世時，那些親戚也只在意遺產的分配，目前他的叔叔和姑姑都想把自己的女兒嫁給他。」

「妳看吧。」A子說，「有錢人就會有這種醜陋的財產之爭，妳不適合那種環境。」

「那種事小意思，只不過他說如果告訴他們要結婚，那些親戚一定會強烈反對。雖然可以無視這些人，但考慮到今後的事，還是希望可以用圓融的方式解決。」

「是喔……」

「所以就必須讓那些貪婪的傢伙見一下他未來的新娘，要先讓他們看真人，然後讓敵人能夠接受。」

「所以他要帶妳去，讓他們能夠接受嗎？」

「對啊，妳幹嘛露出那種難以置信的表情？」

B子嘟著嘴，A子有點不知所措，慌忙掩飾說：「既然他們是那麼貪婪的人，即使帶再漂亮的新娘回去，他們也都會反對。」

「那倒沒關係。」B子很有自信地用力點了點頭，「因為已經掌握了敵人進攻的方式。他們八成會問我的家世、學歷和學識，然後看我是否容貌出眾，所以只要我在這方面加強防守，他們就沒辦法挑剔了。」

「是喔……」

「妳又露出難以置信的表情。」

「因為……」

A子欲言又止。

「我知道。我們家的確是傳統的小老百姓，我的最高學歷也只是三流短大，說到學識，也只有少女漫畫和小鋼珠而已，但是別擔心，只要我發揮演技，一定會以電光石火般的速度舉辦婚禮。反正結了婚之後也不會和他們同住，他們不會知道。」

A子一臉厭煩的表情，深深嘆了一口氣。

「然後要我協助妳一起演戲嗎？」

「就是這麼一回事。拜託了。」

B子把雙手放在臉前拜託，「妳和我一起去見他家的親戚，然後只要為我美言就好。是不是很簡單？」

「為妳美言喔……」

A子抱著雙臂想了一下，終於抬起頭看著B子問：

「妳不光是因為金錢的關係，也是真的愛中山先生嗎？因為愛他，所以想要嫁給他嗎？」

「當然啊。」B子回答時張大了鼻孔，「雖然只約會了一次，但馬上就知道了。愛是永恆，我不允許任何人阻撓我們。」

「我們ＡＢ搭檔終於要解散了。」

「妳不必想得這麼嚴重，別擔心，即使我變成了有錢人，偶爾也會來找妳玩。ＡＢ搭檔永恆不變。」

Ｂ子說完，豪爽地笑了起來。

3

一個星期後，終於到了要向中山家的親戚介紹B子的日子。A子和B子都緊張地等待著，中午過後，中山的那輛賓士來公寓接她們。

「真的很抱歉，拜託妳這麼棘手的事。」

B子介紹他們認識後，中山這麼說，向A子鞠了一躬，「我們家稍微有點歷史，所以對家訓之類的東西特別囉嗦。」

A子瞥了B子一眼說：「因為你們進展太快了，我有點驚訝。」

「因為你第一次見面就求婚，所以她很驚訝。」

B子在一旁似乎覺得很有趣。

「原來是這樣，那倒是。」

中山和B子一樣，覺得很好笑地笑了起來。「話說回來，不愧是真美子的朋友，真是太漂亮了，光是有妳這個朋友，就可以讓那些囉哩叭嗦的傢伙閉嘴。」

「請問今天要去哪裡？」A子有點害羞地問。

「要去我家。」中山說，「因為他們都已經聚在我家了。妳不必在意，雖然他們看起來很嚴肅，但其實都是外強中乾的人，只要一起吃個飯，陪他們聊一聊即可。我想他們會問很多問題，不過敷衍一下就好。」

「這一點沒問題。」B子拍了拍自己的胸口，「我已經都和她說好了，我今天會扮演一個出色的千金小姐。」

「真令人安心啊。」

他再度露出潔白的牙齒笑了起來。

他的司機像忠犬一樣站在賓士旁待命，當他們走過去時，立刻動作俐落地為他們開了門。

「不好意思。」

A子坐上車時，和司機的眼神交會。他戴了一副金屬框的眼鏡，更襯托出他的忠誠。但比起這一點，A子似乎覺得有哪裡怪怪的。

「怎麼了？為什麼皺著眉頭？」

隨即上車的B子看著她問。

「我覺得好像在哪裡見過那個司機。」A子對B子咬耳朵說，「我見過他，只是想不起來在哪裡見過。」

B子點點頭，然後偏著頭說：「妳也這麼覺得？我有同感，到底在哪裡見過呢？」

中山立刻上了車，兩個人的悄悄話到此為止。

中山家在一片幽靜的高級住宅區內，簡直可以在拍古裝劇時用來作為武士宅邸。房子周圍圍起了圍牆，可以看到圍牆內側的松樹林。屋頂的磚瓦散發出歷史悠久的感覺。走下車來到玄關，看到一個五十歲左右的胖女人。她身穿和服，露出親切的笑容。

「她是幫傭雅姨，在這裡做了好幾年了。」

中山說。雅姨深深鞠躬迎接B子一行人。

他們似乎要去面前種了花草樹木庭院的房間。走在走廊上時，聽到了早到的親戚正在聊天的聲音。

B子和A子跟在中山後面走進房間，所有人的視線立刻全都集中在她們身上，視線的移動好像發出了窸窸窣窣的聲音。

十坪大的房間內放了許多座墊，二十名左右的男女坐在座墊上等他們。所有人都穿著深色衣服，也許是召開家族會議時的規定。

中山在向他們打招呼時，他們的視線仍然盯著兩個女生。A子發揮了身為旁觀者的鎮定，所以並沒有低下頭。仔細一看，發現這些人的長相看起來沒什麼威嚴，反而像是鄰居的大叔大嬸。A子原本以為會見到一票老狐狸，一直很緊張，現在反而有點失望。A子甚至看到有一個看起來有點搞不清楚狀況的爺爺，一臉困惑地輪流看著她和B子，他應該搞不清楚誰是中山未來的新娘。

——有點出乎意料。

A子暗暗想道，偷偷瞄了一眼身旁的B子，發現B子也抬頭挺胸地坐在那裡，嘴角露出了從容的笑容。

「我來為大家介紹一下。」

中山改變了聲調，轉身面對B子。

「她就是即將和我結婚的藤真美子。」

B子聽到中山的介紹後，挺起胸膛，然後恭敬地鞠了一躬。

飯菜送了上來，那些親戚邊吃邊自我介紹。大部分都是小公司的老闆，或是農協的人員。

「呃，請問真美子小姐，妳是哪一所學校畢業的？」

在自我介紹完畢後。一個說話口音很重的大叔走過來為B子倒酒。

「呃，那個……我是學習院畢業的。」

B子大膽地說了謊。她和A子事先討論後決定，既然要說謊，就乾脆說個彌天大謊。

說話口音很重的大叔驚訝地瞪大眼睛問：「和皇室一樣嗎？」

「啊哈哈。」B子笑了笑，大叔說著：「真是高攀了。」然後轉身離開了。

之後有好幾個大叔、大嬸輪番問了B子很多問題。比方說，父親的職業，以及出身背景。B子回答說，父親是服務皇室的宮內廳公務員，她說自己在有錢人聚集的蘆屋出生，在田園調布長大。那些大叔和大嬸發出「喔」、「啊」的驚叫聲。

「B子，妳是不是玩得太過頭了？」

即使A子向她咬耳朵，她也一副鎮定的樣子說：

「別擔心，比賽的基本原則，就是一開始就要把對方打敗。」

中山心情愉快地看著事態的發展。

也有人走過來為A子倒酒，然後問關於B子在公司的情況。A子必須按照事先和B子商量好的答案說：

「她在我們同期中當然名列前茅，在受訓的時候，教官整天都稱讚她，她還曾經輔導過我。」

酒過三巡，當大家都有了幾分醉意之後，家族會議立刻變成了宴會。A子走出房間，去庭院內透透氣。

被松林包圍的庭院整理得很乾淨，而且保留了自然的風情。庭院內有一個小池塘，池塘周圍的石頭完全沒有人工的味道，爬滿青苔的樣子充滿了日本特有的閑靜。

「是早瀨小姐……嗎？」

突然背後有人叫她。A子回頭一看，一個年紀比她和B子稍微大幾歲的女人面帶笑容，站在那裡。她是有著一頭長髮的長臉美女，剛才和其他親戚坐在一起，但不知道什麼時候走出來了。A子記得剛才自我介紹時，她說是中山的堂妹。

「他終於找到了理想的對象。」她瞥向宴會的方向說，「那位小姐的話……那些親戚應該會接受。」

A子覺得女人話中有話，所以沒有吭氣。

「我以前，」女人說，「曾經喜歡他。我覺得他應該也知道，但我們最後並沒有在一起。我一直以為是他有問題，但看來我猜錯了。」

「……」

「他向來都是一個認真老實的人，一副對女生沒興趣的樣子，整天不是用功讀書，就是運動。應該和他爸爸很嚴格有關，我的夢想就是希望他多看我幾眼，沒想到輸在妳朋友手上。」

「妳為什麼不主動向他表白？」

A子稍微鼓起勇氣問。女人面帶微笑，無力地搖了搖頭。

「不是這種問題，我相信妳可能無法理解。——不過，我真的太佩服真美子小姐了。他到底在什麼地方愛上她？」

「在飛機上。」

A子回答後，把他們在相親座位認識的過程告訴了女人，女人似乎很有興趣。

「所以算是一見鍾情？」

「應該是。」

「是喔……」女人露出有點訝異的表情，「他竟然會對女人一見鍾情，我有點意外。」

「可能是突然來電了吧。」A子說。

「是啊，可能吧。」女人說完，又緩緩走了回去。

宴會結束後，中山在最後致了詞，摟著真美子的肩膀對大家說：

「我很高興各位似乎很滿意我的未婚妻，也許各位覺得很突然，我們將在兩個星期後舉辦婚禮。我們會找一座教堂，舉行只有兩個人的婚禮，婚禮結束後，會先去美國一陣子，幾年後才會回來，到時候再和各位見面。」

4

「這是怎麼回事？」一回到家，A子立刻追問B子，「妳沒向我提過去美國的事。」

「是啊，」B子仍然一派輕鬆，「因為我沒說啊。」

「妳為什麼不告訴我，如果我知道……」

「妳就不願幫我的忙嗎？」

B子抬頭看著A子，A子把頭轉到一旁，吞吞吐吐地說：「我不是這個意思……」

B子看到她手足無措的樣子，噗哧一聲笑了起來，然後甩著手，大笑著說：

「開玩笑，開玩笑，這一切都是開玩笑。」

「開玩笑？」A子皺起眉頭。

「對，都是開玩笑。對不起，我騙了妳，但這是有原因的。我和中山先生結婚，還有去美國的事，都是開玩笑。」

B子倒在沙發上，用力伸直手腳，大聲地說：「啊，真是太好玩了。」

「妳說是開玩笑？」A子大聲地問，「那今天的聚會是怎麼回事？那也是開玩笑嗎？」

「那是認真的，那些親戚都很認真，只有我和中山先生是在開玩笑。」

「開什麼玩笑！」

A子大叫一聲，B子看到她怒氣沖沖的樣子，閉起了一隻眼睛。「為什麼要做這種事？妳不要跟我說是惡作劇！」

「妳別這麼生氣，先聽我說。」

B子氣定神閒地說完，請A子在椅子上坐下。A子的嘴角下垂，抱著雙臂坐了下來。

「我上次也跟妳說過，因為中山先生繼承了遺產，所以那些親戚都想把女兒嫁給他，但他還不打算結婚。」

「既然這樣，直接說清楚，不就解決問題了嗎？」

「即使說了，那些親戚似乎仍然沒有放棄，所以為了讓他們死心，他就設計了這場假結婚。」

「所以就和妳結婚，然後一起去美國嗎？」

「對，如果是這樣，那些親戚不就會放棄了嗎？」

「真是受不了妳。」

A子按著太陽穴，似乎想要減緩頭痛。「既然這樣，為什麼不先告訴我，不需要連我也一起欺騙啊。」

B子吐出舌頭，嘿嘿嘿笑了起來，「所謂想要欺敵，就必須先騙倒盟友。而且每次都是妳很有異性緣，這次想讓妳體會一下逆轉的心情。」

「像傻瓜一樣。」

A子已經沒有力氣生氣，無力地垂著頭，然後重重地嘆了一口氣，「為什麼中山先生會選擇妳呢？如果是這個目的，應該可以找一個更有新娘感覺的女生。」

「妳這句話是什麼意思？」B子嘟著圓臉，「在他眼中，我無限接近他理想中的女生。即使只是演戲，他也想挑選自己中意的女人，這是人之常情。」

「人之常情喔。」

A子一臉不耐煩的表情看著B子後，又小聲嘀咕說：「話說回來，我還是覺得有點奇怪，今天見到的那些親戚，看起來不像是貪得無厭的人。」

5

十天之後，A子和B子住的公寓信箱內收到一張明信片，明信片上寫了以下的內容：

『日前拜託兩位這麼棘手的事，託兩位的福，那些親戚在回家之前都放了心。正如我當時的宣布，我們將在左側的教堂舉行婚禮，如果兩位願意出席，將是我們莫大的榮幸。』

左側是教堂的地圖。

「這是怎麼回事啊？」

A子把明信片拿給B子後，偏著頭問。B子也說：「太奇怪了，中山先生該不會真的想和我結婚？」

「不可能有這種事。」

A子看著地圖，發現地點並沒有很遠。

「反正去參加之後就知道了。」

B子聽了她的意見，也點點頭。

當她們抵達教堂時，婚禮已經開始了。教堂內傳來管風琴的演奏，B子從教堂的窗戶向內張望。

「沒錯，是中山先生在舉行婚禮。」

「新娘是誰？」

「不知道，看不清楚，但除了他們以外，沒有其他人。果然是只有兩個人的婚禮。」

「現在進去太失禮了，我們先在這裡等他們。」

於是，她們決定在教堂出口附近等新郎和新娘。

不一會兒，一直從窗戶向教堂內張望的B子說：「啊，結束了。」

教堂的門立刻打開了，身穿燕尾服的中山，和穿著婚紗的新娘走了出來。

中山一看到A子和B子，立刻瞇著眼睛說：「啊，妳們果然來了。」

「當然會來啊。」

A子說話時，看向新娘，忍不住「啊！」地叫了一聲。

「和B子一模一樣……」

「啊！真的欸。」

就連B子本人也感到驚訝。中山笑著看向新娘說：

「不光是這樣，妳們有沒有覺得很眼熟？」

A子和B子目不轉睛地打量著新娘，最後驚訝地張大了嘴。

「啊！該不會是司機？」

「怎麼可能！」

B子走過去盯著新娘的臉，然後倒退了幾步，驚訝得猛翻白眼。

「他就是司機田村，」中山說，「其實我們幾年前就開始相愛。但目前的社會無法認同我們的關係，所以我們只好隱瞞大家。但是親戚看到我對女生不感興趣，都忍不住感到擔心，努力想要讓我和女人結婚。每個人可以自由選擇自己的生活方式，他們真的不必管我，於是我想到可以假裝和女人結婚。真美子小姐，當時沒有向妳說清楚，真的很抱歉，但這才是我真正的目的。他們得知我和女人結婚，終於放心了。」

原來是這樣。A子終於恍然大悟。那些親戚果然不是什麼貪婪的人，而且A子也終於瞭解宴會時，在庭院見到的那個女人說話的意思。她應該也知道中山是同性戀。

「所以，你們要去美國嗎？」

B子瞪大眼睛問，中山點了點頭。

「因為美國在這方面比日本開放，而且他也要變成女生。」

「啊？他要變性嗎？」

B子驚叫起來。

「因為我們之後會回日本，如果他繼續維持男人的身分，可能會有許多不方便，更何況他也希望成為女人，即使他變成女人，我也可以繼續愛他。」

「喔……」

「我知道了！」A子突然鼓掌，「你是因為這個原因挑選了B子，因為司機先生和B子很像。」

「妳說對了，」中山說，「我在飛機上看到她時，覺得她是唯一人選。他在變性之後，一定和真美子小姐一模一樣。只要過了幾年，那些老人家就搞不清楚了。」

B子看著身穿婚紗的司機。之前就覺得他像某個人，沒想到竟然是像自己。眼神交會時，司機戴了假睫毛的眼睛露出笑容，B子感到不寒而慄。

「我們趕時間，那就先告辭了。」

這對新人坐上了那輛賓士，中山坐在駕駛座上，司機坐在副駕駛座上。

「你們要幸福。」

A子伸出手，中山高興地和她握手。B子也和他握了手。

賓士緩緩駛出去，但是，開了十公尺左右停下來，中山從車窗探出頭。

「真美子小姐。」他叫了一聲，B子跑過去，中山又繼續說：「謝謝妳幫我這麼多，全世界的女人中，沒有人比妳更適合成為我的新娘。」

「……」

「那就再見了。」

賓士再度駛了出去，這次沒有再停下來。B子目送車子離去，小聲地說：

「全世界所有的女人……」

B子終於瞭解了這句話的意思。

旅行就是一路同行

1

十九點五十分從福岡出發，即將在二十一點二十分抵達東京的班機上——

那個男人登機時，新日航空服員A子，也就是早瀨英子，忍不住驚訝地將視線停在男人的臉上。

因為她認識那個男人。

男人略微花白的頭髮側分，微微動了動嘴唇說了聲：「妳好。」然後走向後方的座位。男人似乎也認出了A子。

確認所有的旅客都登機後，A子偷偷告訴同事B子：

「『富屋』的老闆也搭這班飛機。」

「啊？『富屋』就是那家和菓子店吧？他坐在哪裡？」

B子東張西望起來。

「左側的倒數第二排，穿著灰色西裝……」

B子也看向那個方向，小聲地說：「啊，真的欸。但看起來好像沒什麼精神，是不是店裡的生意不好？」

「怎麼可能？一定是太累了。」

A子說完笑了笑。但男人的確看起來無精打采。

『富屋』是位在福岡市區的一家和菓子店，除了賣和菓子以外，還可以在後方的茶室內品嚐抹茶。A子懂茶道，住在福岡時經常約B子一起去那家店。只不過B子不喜歡喝抹茶，只顧著大口吃和菓子。

總之，她們因為這個原因認識那家店的老闆。

飛機順利從福岡機場起飛，很快就進入水平飛行。

A子沿著走道發糖果，來到和菓子店老闆面前時問：

「您去東京旅行嗎？」

老闆茫然地注視著窗外的風景，嚇了一跳似地坐直了身體看著她。

「啊，不是。」

老闆搖了搖頭，然後用手上的手帕擦了擦額頭，「是去參加大學的同學會，我當年讀東京的大學。」

A子點了點頭問：

「是今天晚上的同學會嗎？」

但老闆又搖了搖頭。

「不是，同學會是明天，但我好久沒去東京了，老婆建議我可以去走一走，所以決定今天就去。」

「是這樣啊。」

A子露出微笑，正打算走過去時，沒想到他叫住了A子。

「啊，請問一下，」他的嘴角帶著笑容，略帶遲疑地問，「要不要一起吃飯？」

這句話有點出乎A子的意料，所以她露出了困惑的表情。

也許是因為這個原因，老闆立刻好像在掩飾般補充說：「只是吃飯而已，因為一個人吃飯很無聊。」

A子恢復了剛才的笑容，微微向左側偏著頭說：

「很遺憾，我今天晚上還有工作。」

這當然是說謊。遇到男性旅客邀約時，她都用這種方式拒絕。如果是B子，一定會說：「太可惜了，如果是我，就讓老闆請我吃飯。」

「是喔……那就沒辦法了。」

他有點遺憾地笑了笑，再度看向窗外。A子看著他的側臉，覺得他似乎有點後悔約自己。

A子與和菓子店老闆說話時，B子正在前排座位附近發報紙和雜誌給客人。

「請問……」

這時，一個不到三十歲的長髮大眼女人叫住了她。她的皮膚曬得有點黑，所以更襯托出她的一雙大眼睛。

「濱松町有飯店嗎？」

女人問道。濱松町是機場出發的捷運終點站，B子想了一下說：「有。」然後告訴她S飯店的名字。因為B子雖然沒住過，但想起之前朋友曾經住過那裡。

「是嗎？那我也去那裡住。」

女人的後半句話聽起來像是自言自語，然後又抬頭看著B子說：「謝謝妳。」

之後，A子和B子在廚房遇到，但都沒有聊到旅客的情況。「今天晚上要去吃什麼？」B子最關心的還是吃的問題。

飛機一路平穩地飛向羽田。

2

S飯店剛好在JR線濱松町和芝公園站中間的位置。

這家飯店有點老舊，七層樓飯店的紅磚牆已經有點發黑。櫃檯位在二樓，櫃檯前的大廳，和天花板垂下的水晶燈都很過時，但每天仍然會有幾個從機場來投宿的客人。

A子和B子在福岡飛往東京的班機值勤的隔天，S飯店發現了離奇死亡的屍體。

「請你先靜下心，從頭開始說明。」

警視廳搜查一課的笠井直視著臉上仍然殘留著稚氣的門僮。他們站在發現屍體的客房前，轄區警局的刑警手拿便條紙，站在一旁準備記錄。

身穿胭脂色制服的門僮名叫永本，「就是啊……」他說完這幾個字，再度吞著口水，「就是啊，因為客人遲遲沒有退房，所以課長叫我去察看情況。」

「課長是指高野先生吧？」

笠井將五官輪廓很深的臉轉向門僮旁的消瘦男人。他是櫃檯課長高野。

「本飯店的退房時間是十一點。」

高野微微欠身，看到了他梳得很整齊的頭髮，「但將近中午時，514室和520室的客人都沒有退房，所以就打電話去客房，但兩個房間都沒有人接電話，於是就派永本去察看一下。」

「所以永本先生就先去了514室。」

門僮聽到笠井的問話，點了點頭。

「我敲了門，沒有人回答，所以我就打開房門。」

「然後就發現了屍體嗎？」

門僮連續點了好幾次頭。「我做夢也沒有想到，竟然會發生這種事。」

「我想也是。」笠井說完，指著房門問：

「門沒有鎖嗎？」

「對，沒有鎖。」

笠井點了點頭，再度看著門把。時下的飯店很少有這種沒有自動鎖門功能的門。

「請你說明一下打開門之後的情況。」

永本吞了口水之後，緩緩說明了當時的情況。根據他的陳述——

他一打開門，就發現室內不對勁。因為雖然是白天，但房間的窗簾拉了起來，行李也都散亂在房間內，進門後位在左側的浴室門敞開著，浴室亮著燈。

——客人是不是外出了？

永本心想，但還是去浴室張望確認了一下，結果就發現了屍體。

而且是兩具屍體。

永本嚇得屁滾尿流，好不容易來到電話旁，通知櫃檯發生了命案。

「關於死去的兩個人，」笠井將視線看向櫃檯課長，「男性是514室的富田敬三，女性是520室的堀井咲子……沒錯吧？」

「沒錯。」

高野課長臉色蒼白地回答，他可能想起了那兩具屍體。

屍體滿身是血。

堀井咲子倒在浴室門口附近，胸前插了一把水果刀。從傷口滲出的血讓她身上那件針織衫都變成了深紅色。

富田敬三靠在浴缸旁倒在地上，浴缸裡裝滿水，水也被染紅了。他的左手動脈被割斷，那隻手浸在浴缸的水裡。

「他們兩個人都是昨晚入住，對嗎？」

笠井問高野。

「對，抵達的時間也差不多。」

「他們不是一起入住的嗎？」

「不是，富田先生事先有預約，堀井小姐並沒有預約。」
「是否曾經看見他們兩個人在一起？」
櫃檯課長搖了搖頭說：「不清楚。」
「茶几上有兩個咖啡杯，那是這家飯店的杯子嗎？」
「這裡的一樓是咖啡店『BRICK』，可能是叫客房服務，點了兩杯咖啡送上去。」
「原來是這樣。」
向高野和永本瞭解情況後，笠井回到了房間。
「關於男人的手腕，」戴著深度近視眼鏡的鑑識人員走到笠井身旁說，「從傷口判斷，應該和女人胸口的刀子是同一把刀，而且也沒有發現其他凶器。」
「所以是割了男人的手腕之後，才刺進女人的胸口。」
「可能是這樣，檢驗刀子之後，應該可以瞭解更確實的情況。」
「從目前的狀況來看，男人是自殺……」
「必須視解剖結果而定，女人的情況目前還很難判斷。根據現場的狀況來看，他殺的可能性較高，但並不是自己刺不到的位置。」
「如果兩個人都是自殺，那就是殉情，但男人是割腕，女人是刺進胸口，似乎又不太像。」

「這很難說，現在的女人常常比男人更有膽識。」

笠井撇了撇嘴唇後問：「指紋呢？」

「已經採集了，刀子上並沒有女人的指紋，還有一件令人在意的事。就是關於那兩個咖啡杯，其中一個咖啡杯的指紋被擦掉了。」

「是喔……」

「另一個咖啡杯的指紋還留著，是富田敬三的指紋。」

「咖啡不是都喝完了嗎？」

「對，兩個咖啡杯都空了。」

「是喔。」笠井說完，再度偏著頭。

來到一樓咖啡廳，笠井見了送咖啡去514室的服務生。這個瘦高個的男生穿著白色短袖襯衫。

「差不多是昨晚十點左右，一個男人打電話來，說514室要兩杯咖啡。」

「當時你有沒有看到房間內的情況？」

「沒有看到。我敲了門之後，房門打開二十公分左右，客人連同托盤一起接了過去。」

「房間內有人嗎？」

服務生聽了笠井這個問題後，抱著雙臂，用力皺起眉頭。

「我沒有聽到聲音，但從男人的態度來看，不像是房間內藏了什麼人。」

笠井向服務生道謝後走出咖啡店，再度回到現場。

警方立刻查明了兩名死者的身分。富田敬三是福岡市區一家和菓子店『富屋』的老闆，今年四十五歲，和妻子有一個目前讀高二的女兒。他這次來東京，是為了和學生時代的老同學見面，從他的皮包裡找到了同學會的通知，證實了這件事。

堀井咲子也住在福岡，是一名粉領族，剛好三十歲，在一家內衣公司任職。向她任職的公司打聽後，得知她昨天和今天都請了休假，公司的人並不知道她來東京的原因。她在福岡時一個人租屋而居，目前警方正在聯絡她的家屬。

「是否可以認為是感情糾紛？」

轄區分局的一名年輕偵查員問笠井。

「從現場的狀況來看，應該是男人殺了女人，然後割腕自殺。」

「但如果是這樣，刀子應該掉落在地上。」

笠井摸著鬍子刮得很乾淨的下巴說，「既然刀子還插在女人身上，就代表是男人先割腕。」

「原來是這樣，所以可能是相反的情況，女人殺了男人之後才自殺。對了，我想起女人並沒有事先預約入住，所以可能是她從福岡追著男人來這裡。」

「雖然不能排除這種情況……」

笠井偏著頭。強迫對方殉情——如果是這樣，女人不是應該也割腕自殺嗎？

3

那天晚上，A子和B子坐在沙發上看電視，看到電視新聞正在報導S飯店發生的那起命案，當場跳了起來。

「啊！『富屋』的老闆？」

A子驚叫起來。因為她昨天才見過老闆，所以更加驚訝。

但是，B子也立刻說：

「難以置信。」

她的聲音聽起來比A子更驚訝，電視螢幕上出現了死去的那個女人的相片，B子似乎看到了那張照片，表達了感想。

「我認得她！」B子又接著說：「她昨天就是搭我們從福岡回來的那班飛機，因為和我聊了幾句，所以我記得她。啊，怎麼辦？好可怕。」

「所以他們兩個人搭了同一班飛機。」

A子說完，豎起耳朵聽主播正在播報的內容。報導中指出，目前警方認為可能因為感情糾紛引發這起命案，正將調查的重點放在兩個人的關係上。

「但他們並不是一起約好來東京，這件事不用懷疑。」

A子關上電視後說，「因為昨天『富屋』的老闆還約我一起吃飯。如果他和女人一起來東京，通常不會做這種事。所以我認為老闆真的來參加同學會，應該是那個女人追著他來到東京。」

「是喔……但是，如果情婦搭同一班飛機，他會沒有發現嗎？而且也可能在候機室遇到。」

「可能他看到了，但故意假裝沒看到。」

「是喔……」

B子一臉難以釋懷的表情點了點頭，隨即「啊！」了一聲。

「怎麼了？」

「不，我現在想起一件事。在機上時那個女人曾經問我：『濱松町有沒有飯店？』如果她是跟蹤『富屋』的老闆，應該不可能問我這種問題。」

「是喔，妳怎麼回答？」

「我回答說當然有，比方說S飯店……」說到這裡，她好像在打呵欠般用力張大了嘴，「就是這樣，因為我這麼告訴她，所以她才會去S飯店住。」

A子皺起眉頭，露出陷入沉思的表情。

「如果真的是這樣……」

「妳真沒禮貌，當然是真的啊。」

「既然這樣，『富屋』的老闆和那個女人搭同一班飛機，以及一起住在S飯店都只是巧合而已。」

「怎麼可能這麼巧？」

B子難以置信地搖了兩三次頭。

「怎麼可能……喔？」

A子在桌子旁托著腮，想起了『富屋』老闆親切的臉，難以相信他有情婦……

事件翌日，A子結束勤務後回到機組人員休息室，發現有兩名偵查員正在等她。正在待命的B子和客艙課長遠藤也在。遠藤的臉上帶著憂鬱，應該是覺得只要有麻煩事，就一定有B子的份。

「兩位刑警是為了昨天在S飯店發生的事件而來，兩名死者前天都搭乘了我們的班機，所以希望向當時在客艙服務的妳們瞭解情況。」

遠藤說完，向她介紹了兩名刑警。比較年長的是警視廳搜查一課的笠井，比較年輕的姓山本。

遠藤好像逃走般離開了，A子和B子坐在會客椅上面對兩名刑警。

笠井先出示了兩張照片，問她們是否認識照片中的人。果然不出所料，就是在飯店內死亡的那兩個人。A子和B子互看一眼後，向刑警點了點頭，然後說她們之前就認識富田敬三。

「那真是太好了。」笠井的嘴角露出淡淡的笑容，「我們今天來這裡，就是希望瞭解他們在飛機上的情況，也就是他們在飛機上是否看起來很熟……請問兩位覺得如何？」

A子又看了B子一眼後回答說：

「關於這件事，昨天聽新聞中提到，他們兩個人似乎是婚外情的關係，我們感到很意外。」

笠井的眼神微微亮了起來。

「所以說，他們看起來完全沒有這種感覺嗎？」

「對，非但看不出是婚外情的關係，他們的座位也分得很開，甚至沒有看到他們說過話。」

「所以看起來完全像是陌生人嗎？」

「嗯，是啊，而且……」

「而且什麼？」

A子向刑警說明了那天晚上，富田約她吃飯的事，試圖說明至少富田並沒有和女人一起旅行的感覺。

「呃，還有一件事。」

B子看到刑警熱心地聽A子說話，似乎覺得輸人不能輸陣，所以也插了嘴。她說的當然就是堀井咲子向她打聽飯店的事。

「所以我認為她住在那家飯店只是巧合。」

B子說話時張大了鼻孔。

笠井對這件事也很有興趣。

「原來是這樣，從兩位提供的意見來看，他們似乎不太可能是婚外情的對象。」

「刑警先生，你也對這件事有疑問嗎？」

A子問。刑警剛才發問的問題，讓她有這種感覺。

刑警點了點頭說：「因為有很多不自然的地方。尤其在我們調查堀井咲子周邊的關係後，並沒有發現她的生活中有特定的男人，她這次來東京，是為了參加恩師的葬禮。從她的遺物中找到了佛珠。」

所以，堀井咲子從福岡追富田到東京的假設也必須放棄。

「『富屋』的老闆娘怎麼說？」

笠井聽到A子的問題，露出有點意外的表情。可能是因為A子的語氣聽起來對這起事件很有興趣的關係。於是她又微微揚起嘴角說：

「不是啦，因為……我常去『富屋』，和老闆娘也很熟。想起他們夫婦，很難想像老闆竟然會在外面有女人。」

笠井點點頭，似乎終於理解了。

「我們向富田敬三周圍的人瞭解情況後，發現他們夫妻的感情很好，大家都不認為敬三會在外面有女人，只不過老闆娘說，她之前就隱約感覺到她丈夫有外遇。」

「老闆娘知道？」

A子說完這句話，又和B子互看了一眼。她們曾經去過『富屋』多次，完全感受不到他們夫妻之間的感情有這樣的裂痕。

刑警點了點頭後繼續說：

「昨天我們親自拜訪了老闆娘，她說知道丈夫在外面有女人，但敬三向她保證，最近會和外面的女人分手，只不過她說，不知道外面的女人是否同意分手。」

「所以是因為分手不成，於是對方下手，逼迫老闆和她一起殉情嗎？」

B子脫口這麼問。

「有這種可能，但我剛才也說了，要認定富田和堀井咲子是男女關係，還必須解決很多疑問。」

4

隔天，A子和B子都休假，她們原本決定難得出門去逛街，沒想到早上時，A子有了新的建議。

「要去S飯店？」

正在吃土司的B子問。

「對，我想去看看。」

「是為了那起事件嗎？但妳竟然會這麼好奇，實在太難得了，八卦通常是我的專利，今天到底吹了什麼風？」

「也不是什麼特殊的原因，總覺得有點耿耿於懷。那天晚上，富田先生約我吃飯，如果我答應了他的邀約，也許事情就不一樣了。」

不，絕對會不一樣。A子心想。而且富田也不會死。

「妳這麼說，我也會很痛苦。」B子吞下土司，輕聲嘆了一口氣，「因為是我告訴咲子小姐S飯店的事，如果她的家屬知道這件事，一定會恨死我。」

「所以我們去看看，也許可以找到那兩名旅客死在同一個房間的線索。」

「嗯，也對。」

B子心不在焉，但還是點了點頭，然後又伸手拿起土司。

她們覺得向飯店工作人員打聽的最好方法，就是成為飯店的客人。於是她們預約了一間雙人房，接待她們的櫃檯人員是一個頭髮分線很明顯的矮小男人，一看就知道是飯店業者。

「聽說這家飯店之前發生了殉情事件？」

A子填寫資料時，B子問，但櫃檯人員完全不動聲色，應該是被要求封口。

「之後有沒有發現什麼新的情況？」

B子仍然不屈不撓地追問，但櫃檯人員鞠了一躬說：「我們不太方便談這件事。」然後找了旁邊的門僮，指示門僮帶她們去房間，所以只能作罷。

她們住在616室，跟著門僮搭上電梯。

「請問兩位是雜誌社的人嗎？」

門僮按了六樓的按鍵後問。他可能聽到了剛才在櫃檯的談話。

「不是，而是我們認識死者。」

A子回答。在回答的同時，想起新聞報導曾經提到，是門僮最先發現了屍體。

「該不會就是你發現了屍體？」

門僮聽到A子這麼問，露出了無憂無慮的笑容。

「對，我姓永本，那天真的嚇死我了。」

在他回答的同時，電梯抵達六樓。

「去世的兩位客人住進來時，有沒有和你說過話？」

B子走在門僮身後時問。

「在帶他們去房間時可能說過話，但我不記得了。」

「所以在他們辦理入住手續之後，到發現屍體之前，你都沒有看過他們嗎？」

門僮聽了A子的話之後，輕輕點了一下頭回答說：「對，沒錯，但我記得曾經見過那個女人，我記得是在五樓的電梯廳，她從垃圾桶裡撿起什麼東西。」

「從垃圾桶？」

「對，啊，只是看起來是這樣。因為我急著下樓，所以也可能看錯了。」

永本說話很謹慎。

但是，A子覺得他應該沒有看錯。堀井咲子一定從垃圾桶裡撿起了什麼，問題在於她到底撿了什麼東西——

跟著永本走進房間後，發現這間雙人房雖然很老舊，但裝潢很考究，窗外可以看到東京鐵塔。

A子去看了浴室。浴室內有一個馬桶，後方是浴缸。聽說富田的左手腕浸在水裡，堀井咲子胸口被刀刺中倒在浴室，但並不知道兩具屍體的位置關係。只是覺得這裡並不是適合一對男女殉情的地方。

「我才不會死在這種地方，」B子說，「因為稍不留神，頭掉進馬桶的話，不是太難看了嗎？」

「妳真噁心。」

「對了，要不要去514室看看？」B子提議，「首先要去勘驗現場啊。」

A子當然也同意，於是兩個人走出房間。

雖說是勘驗現場，但她們當然無法進去房間內，所以只能在發生事件的客房前打轉。

這時，那間客房的門突然打開了，B子「啊！」地叫了一聲，抱住了A子。

「咦？原來是妳們啊。」

警視廳的刑警笠井鎮定自若地走出來，和她們形成明顯的對比。

「空服員的工作也要兼任偵探嗎？」

笠井喝了一口咖啡後問。他約她們一起來到位在一樓的這家名叫『BRICK』的咖啡店。A子和B子低著頭，用吸管喝著果汁。

「妳們不必這麼緊張。對了，那天晚上，富田向這家店點了兩杯咖啡送去房間，現場的茶几上留了兩個空杯子，只是不可思議的是，其中一個杯子上有富田的指紋，另一個杯子上的指紋完全被擦掉了。」

「指紋嗎？」A子抬起頭。

「對，是不是很不可思議？因為無論如何，都應該有這家咖啡店店員的指紋，所以只能認為是有人擦掉了。」

A子聽到有人把指紋擦掉，最先想到的是那起事件會不會是他殺？推理小說中經常看到凶手擦掉指紋後逃走。

「但是，目前還是認為堀井咲子殺了富田之後再自殺的可能性最高。」笠井似乎讀到A子的想法，對她這麼說，「因為在富田的體內檢驗出安眠藥的成分，似乎是加在咖啡裡，而且在調查咲子胸前的刀子後，也發現了富田的血液。基於以上這些情況，認為可能是咲子趁富田不備，讓他服用安眠藥後入睡，在割他的手腕之後，也終結了自己的生命。」

「已經證明咲子小姐是富田先生的情婦了嗎？」

B子問，刑警一臉愁容搖了搖頭。

「目前還沒有。雖然老闆娘強調她丈夫在外面有女人，但目前並沒有辦法證明。」

「呃，我想到一件事。」A子決定說出剛才發現的事，「有沒有可能是他殺呢？比方說，凶手來到飯店打算殺富田先生，讓他服用安眠藥之後割了他的腕，這時，堀井小姐突然闖了進來，於是凶手在衝動之下也殺了她。」

如果是這樣，就可以解釋為什麼擦掉咖啡杯上的指紋。

笠井露出佩服的眼神看著她之後，緩緩點了點頭。

「妳的推理很精采，不瞞妳說，我們目前也在研究這個可能性。但如果是第三者殺害了他們兩個人，仍然有必須釐清的問題。」

「就是富田先生和咲子小姐的關係。」

B子在一旁插嘴說。

「沒錯，如果不解決這個問題，就無法進入下一步，而且還有動機的問題。」

笠井說完，喝了一口杯子裡的水，露出凝望遠方的眼神，然後帶著略微嚴肅的表情看著A子她們。

「妳們剛才說認識富田太太？」

「嗯，是啊……」A子看向B子的臉。

「可不可以請妳們坦誠告訴我，她是怎樣一個人？只要把妳們的感覺說出來就好。」

「怎樣的人……」

A子欲言又止。

「她人很好。」B子語氣堅定地說，「她很親切善良，而且我覺得她外柔內剛。」

「原來是這樣啊。」

笠井說完，又喝了一口水。A子很在意他的態度，鼓起勇氣問：

「請問，警方該不會在懷疑老闆娘？」

笠井聽到這個問題似乎很驚訝，他倒吸了一口氣，看著她的臉。

「我沒說錯吧？」

「不，還不至於懷疑。」

笠井用明確的語氣回答，似乎擔心引起誤會。

「這是秘密，但因為我相信妳們，所以就不妨告訴妳們。其實富田投保了高額的壽險。」

「壽險？喔，這樣啊。」B子恍然大悟地拍了一下手掌，「老闆娘是受益人吧？所以才會懷疑她。」

B子看著刑警的臉，他露出肯定的眼神。

「金額是三億。」他說。B子咻地吹了一聲口哨，「而且兩個月前才剛投保。在偵查命案時，通常會懷疑是否為了保險金殺人，但我們暗中調查後發現，富田太太有完美的不在場證明，她應該不是犯下殺人案的凶手。」

「你說得對，應該趕快放棄這種愚蠢的想法。」

B子語氣強烈地說。

「我們也認為這個想法不太妥當。」笠井回答說，「而且以這次的情況，富田太太能不能拿到保險金也是一個問題。」

「你的意思是？」A子問。

「我想妳們也許知道，在加入壽險的一年以內，如果是自殺，保險就不理賠。如果這次是殉情——如果認為是雙方同意的情況下殉情，應該也不會理賠。」

「如果是為了詐領保險金殺人，就不會製造出目前的情況，是不是這個意思？」A子問。

「對，應該會製造可以更明確斷言是他殺的狀況，而且要做到這一點，並不是特別困難的事。」

5

在事件發生的十天後，A子又見到了笠井刑警。他們在羽田機場巧遇。

「我現在要去福岡。」

刑警說。

「啊喲，是幾點的班機？我今天也要飛福岡。」

但笠井搭乘的是比A子值勤早一班的班機。

「我要去『富屋』，向富田太太瞭解情況。」

A子覺得他說話似乎意味深長。

「有什麼進展了嗎？」

「不，稱不上是進展，只是還是很在意保險的事。之後我們又調查了『富屋』的情況，發現那家店負債的金額相當高。」

「『富屋』竟然……」

A子覺得很意外。因為每次去那家店，都可以感受到一種威嚴，絲毫察覺不到這種危機。

「聽說老店很難追求真正的利潤合理化，想要維持傳統，就必須花不少錢。」

笠井看了看手錶，站了起來。他的班機即將起飛。

「已經查清楚富田先生和堀井咲子小姐之間的關係了嗎？」

臨別時，A子問笠井。刑警轉過頭，聳了聳肩說：

「他們之間沒有任何關係，也就是說，他們是陌生人。」

A子和B子比笠井晚了一班班機抵達了福岡。今天晚上，她們住在福岡，所以可以在市區好好逛街。

但是，她們打算直奔『富屋』。因為她們想知道笠井和老闆娘說了些什麼，A子也有事想要向富田的妻子——記得她叫早苗——確認。

「A子，妳想到的事是什麼？趕快告訴我嘛。」

B子氣鼓鼓地跟在後面，她對只有A子一個人瞭解狀況感到很不爽。

「嗯，就是堀井咲子小姐從垃圾桶裡撿了什麼。」

「是喔？妳知道了？她撿了什麼？」

「等到了『富屋』之後，妳就知道了。」

「妳又故弄玄虛。小氣鬼。」

B子把原本的圓臉鼓得更圓了。

『富屋』在一條小巷內，周圍有許多歷史悠久的房子。當她們走進去時，富田早苗一身和服出來迎接她們，臉上露出了親切溫柔的笑容。

「歡迎光臨，好久不見了。」

她的聲音完全不像十天前才死了丈夫的妻子。B子說她是「外柔內剛」的女人，A子也有同感。『富屋』能夠撐到今天，應該也是她的功勞——

「呃，我們聽說了妳先生的事，真的很可憐……」

A子對老闆娘說，早苗揮著手說：

「請不要再說這件事，已經過去了。」

早苗把她們帶去後方的茶室。雖說是茶室，但這裡可以坐在椅子上，所以不必擔心腿麻。

兩個人喝著老闆娘親自為她們掃的抹茶，各吃了兩個『富屋』特製的和菓子。

「要不要再來一碗？」

早苗問，A子婉拒了，但對早苗說：「我有一件事想要請教一下。」原本打算輕鬆地說這句話，但說出來時的聲音很僵硬。

「請問今天是否有刑警來過？」

早苗的表情幾乎沒有變化，仍然露出溫柔的眼神看著A子，然後用平靜的語氣問：

「你們認識？」

「對，因為這起事件，有機會聊過一些事。」

A子告訴早苗，富田搭乘了自己值勤的班機，以及之後的許多情況。

「原來是這樣，那真巧啊。」

早苗的臉上仍然帶著笑容，A子覺得她太鎮定了。

「請問刑警來這裡，問了妳哪些問題？」

A子知道自己問太多了，但還是不得不問。也許老闆娘會不高興——

但早苗只是微微偏著頭回答說：

「並沒有問什麼特別的事，只是確認了至今為止的情況，雖然刑警看起來有點失望，但這也是無可奈何的事。」

——不可能。

A子心想。笠井不可能為了確認之前的情況，特地來福岡。他應該也已經發現了真相，想要讓真相大白。

「老闆娘。」

A子叫了一聲。她的聲音很鎮定，連她自己也嚇了一跳。早苗露出鎮定的眼神看著她。她看著早苗的眼睛說：

「富田先生是不是自殺——刑警先生是不是這麼問妳？」

早苗第一次露出了愣住的表情，好像蒙上了一層白紗，然後又恢復了笑容，只不過笑容看起來有點僵硬。

「我老公，」她靜靜地動了動嘴唇，「是被那個女人殺害的。」

「不，不是這樣。」

A子挺直了身體。

「情況剛好相反，是富田先生殺了那個女人。」

A子感受到B子在一旁倒吸了一口氣。

「富田先生因為這家店的債務苦惱不已，所以是不是打算用自己的壽險理賠金來還債？現在回想起來，那天晚上在飛機上遇到富田先生時，他看起來一副想不開的樣子。」

所以他希望最後和別人一起共進晚餐——A子認為是這樣。

「所以富田先生去東京是為了自殺？」

B子怯生生地問，早苗不發一語地看著自己的手掌。

「對，但如果保險公司知道是自殺，就不會理賠，所以他計畫偽裝成他殺。他向咖啡廳點了兩杯咖啡，把其中一個杯子的指紋擦乾淨，都是為了暗示有凶手而故佈疑陣。」

「安眠藥也是嗎？」

「對，他加進自己的咖啡，然後自己喝了下去，之後割了腕，再把自己的左手放進浴缸。」

「如果是這樣，警察的確會懷疑是他殺。」B子微微低著頭說，但立刻抬起了頭，「但堀井咲子小姐為什麼會在那裡？」

「問題就在那裡。」A子說，「富田先生還動了另一個手腳，那就是鎖門。他把鑰匙丟在房間外，然後從內側鎖上了門，這樣就可以偽裝成凶手逃走之前鎖上了門，中途把鑰匙丟掉。他丟鑰匙的地方，就是垃圾桶。」

「就是堀井小姐撿了什麼東西的垃圾桶吧？」

B子似乎猜到了真相，說話的語氣也很激動。

「就是這樣。雖然富田先生做好一切準備工作，準備動手自殺了，沒想到這時發生了意想不到的事，因為竟然有一個陌生的女人闖進了房間。」

「那就是堀井咲子小姐。」

「她應該因為偶然的因素發現了垃圾桶內的鑰匙，然後打算去房間還給失主。我猜想她應該敲了門，但沒有聽到回應，所以打算把鑰匙放在房間內就離開。我想富田先生一定很驚訝，因為他做夢都沒有想到會有人打開門鎖走進來，因為按照他的計畫，他必須在自己死後才被人發現。」

「如果他被救活，警方就會展開調查，最後就必須交代企圖詐領保險金的事。」

「雖然不知道富田先生在短時間內想到了多少事，但他一定覺得這樣會破壞他的計畫，於是使出最後的手段，攻擊堀井小姐，然後殺害了她。得知她斷氣之後，擦掉刀子上的指紋，然後握在她手上，留下她的指紋，再把自己的左手放進浴缸。於是就製造出兩個素不相識的人，死在飯店房間內的狀況。」

A子說完後，偷偷看著早苗。她仍然一動也不動地看著自己纖細的手指，好像完全沒有聽到她們的談話。她當然不可能沒聽到。

A子調整呼吸後問：「怎麼樣？富田先生是不是自殺身亡？」

早苗的右手動了一下，摸了摸盤起的頭髮，看起來像是在思考從何說起。

「我老公的遺書，」她開了口，「在他的屍體被發現的那天早上寄到家裡，似乎是他出門之後，用快捷寄回來。我想不需要解釋他自殺的理由了。」

A子被早苗的氣勢震懾，點了點頭。

「我也不知道那個女人為什麼會死，也許就像妳們說的那樣，但這種事並不重要，對我來說，重要的是必須主張我老公不是自殺，而是遭到別人殺害。」

「所以妳謊稱富田先生好像在外面有女人。」

早苗垂下了眼睛，「如果他有勇氣在外面有女人，也許生意也會做得更好一點。」

「刑警笠井先生也發現了真相嗎？」

「對，他也坐在那裡，花了很長時間說明案情，他明天好像也會來，搞不好後天也會來。」

「但妳打算隱瞞遺書的事嗎？」

早苗的嘴角露出了笑容，「當然啊，我老公不惜用生命保護的『富屋』這塊招牌，我也必須用生命保護。」

她微笑著瞇起雙眼，看了看A子，又看了看B子。

「所以請妳們也不要把這件事告訴警察。」

A子和B子互看了一眼，相互點了點頭後說：

「我們不會說。」

早苗露出了欣喜的表情問：

「要不要再來一碗？」

「好，那就再來一碗。」

A子重新端坐在椅子上。

非常重要的失物

1

十四點二十分從東京出發，即將在十六點零五分抵達青森的YS11客機內——

新日航的空服員早瀨英子，暱稱A子，在飛機起飛一個小時後，發現了那樣東西。

今天搭乘班機的旅客總共有二十七人，比坐滿時的一半多一點，A子和同事B子，也就是藤真美子一起，帶著輕鬆的心情執行今天的勤務。

那樣東西掉落在客艙後方的化妝室。

——那是什麼？

A子在狹小的廁所內撿了起來。那是一個白色信封，正面朝下掉在地上，但背面沒有寫任何字，而且可能被人踩到了，上面有淡淡的腳印。

——好像是客人掉的東西。

她這麼想著，但把信封翻過來後，差一點掉在地上。

因為上面寫了兩個小小的字——

『遺書』。

2

「竟然撿到這麼棘手的東西，如果撿到情書，應該會很好玩。」

B子瞪大了圓臉上原本就很圓的雙眼，但眼神中仍然充滿好奇。

「真傷腦筋。」A子皺著眉頭小聲地說，「不能當作沒看到，必須趕快找到失主。」

「那就用廣播找人啊。」

B子輕鬆地說道，A子皺起眉頭。

「要怎麼找人？難道要說，請在廁所遺失遺書的旅客趕快和附近的空服員聯絡，您的遺書在我們手上嗎？」

「不行嗎？」

「那還用問嗎？妳在想什麼啊。」

「信封上沒有寫名字嗎？」

「很遺憾，並沒有寫名字。」

「那就打開信封看一下，遺書上一定寫了名字。」

B子話還沒有說完，就伸手去拿信封。因為信封並沒有黏住，她差一點真的把信紙抽出來，A子及時搶了回來。

「B子，妳別亂來，必須保護旅客的隱私。如果失主得知遺書被人看到，恐怕會一蹶不振，從此再也無法站起來。」

「既然已經決定要自殺，不可能更加沮喪了。」

「妳這個人神經真的很大條。」

「那該怎麼辦？」

「只能動動腦筋啊。」

A子的食指指向自己的太陽穴。

「我討厭動腦筋，一動腦筋就很容易肚子餓。」

B子說，A子沒有理會她，抱著雙臂。

「總共有二十七名旅客，剛才上過廁所的人有限，妳應該記得誰上過廁所吧？」

身為空服員，記住這種程度的事並不困難。

「當然記得啊，坐在那裡看起來像粉領族的人，然後還有那個看起來很能幹的菁英上班族都上了廁所，之後還有一個國中女生，和一個禿頭大叔。」

「等一下，在粉領族之前，還有一個中年大嬸上過廁所。我記得繫好安全帶的燈剛滅，她就衝去廁所。」

「對、對，沒錯，大嬸經常這樣。」

B子露出不耐煩的表情。

「在那個女生和禿頭大叔之間，還有另一個人，就是坐在禁菸座位上的老太太。」

A子指著中間的座位。

「所以總共有六個人。」

「失主應該就在這六個人之中，無論如何都要找到失主，讓失主打消自殺的念頭。」

「想要自殺的人，看表情就知道了。我去發糖果，順便去觀察每個人的臉。」

B子說完，拿起了裝糖果的容器。

「等一下，我也一起去。」

A子也跟在她的身後。

首先來到那個像粉領族的女人座位。她一頭長髮，側臉很漂亮。她坐在靠窗的座位，蹺著二郎腿，一臉憂鬱地看著窗外的景色。靠走道的座位上沒有人，她把皮包隨意放在那張座椅上。前方的座椅下方有一把和她皮包圖案相同的雨傘。

B子向A子使了一個眼色，暗示很可能就是她。

「需要糖果嗎？」

B子問，女人瞥了她一眼，拿起一顆糖果，隨即聞到了淡淡的香水味。

「請問、遺書……」

B子小聲地問，女人露出訝異的眼神看著她。

「什麼？」

「不，呃……我是問可以看到海岸嗎？」

「海岸？」

女人看向窗外，然後看著B子搖了搖頭。

「看不到。」

「喔，這樣啊，對喔，很抱歉，我誤會了。」

B子深深鞠躬後轉身離開，跟在她身後的A子戳了戳她的屁股。

言下之意就是——妳在搞什麼啊！這樣只會引起懷疑而已。

B子聳了聳肩。

接著，她們來到倒數第二個去廁所的銀髮老婦人面前。老婦人年紀大約七十歲左右，她並不是一個人旅行，坐在她旁邊靠窗座位上的老人看起來像她的丈夫。老人閉著眼睛，可能睡著了，A子把毛毯蓋在他的腿上。

「謝謝。」

老婦人向她道謝。說話的語氣平靜而溫柔。

接著是看起來像國中生的女生。她穿著迷你裙，上面穿了一件白色開襟衫，坐在靠走道的座位上看少女漫畫。那並不是飛機上的漫畫，而是她自己帶來的。A子記得在飛機起飛之前，她就專心地在看這本漫畫。

女生旁邊坐了一個三十五、六歲的女人，穿了一件淡灰色的上衣。當B子遞上糖果時，女人伸出手，拿了兩顆糖果。她的無名指和中指上都戴著戒指，女人把其中一顆糖果遞給那個女生，女生專心看著漫畫，簡短地回答說：「我不要。」

最後進廁所的禿頭中年男人坐的座位窗外剛好是機翼的位置，或許是因為這個原因，他對窗外的風景完全沒有興趣，正低頭看體育報。他沒繫安全帶，腰帶也鬆開了，蹺著二郎腿，腳伸到了走道上，腰際還露出一截白襯衫的下襬。

B子問他要不要糖果，但他完全沒有抬頭看一眼。

看起來像菁英上班族的男人不到三十歲，戴了一副金框眼鏡，感覺很溫柔體貼。A子記得這名旅客最後登機，登機時一臉不悅，巡視機艙後，在目前的座位坐了下來。他完全沒有看自己的登機證就坐了下來，那裡顯然並不是他的座位。雖然每位旅客都有固定的座位，但像今天這樣旅客人數不多時，可以自由挑選座位。

「要不要吃糖果？」

B子問。菁英男人似乎嚇了一跳，微微站了起來，推了推眼鏡後，又重新坐了下來。

「不，我不要。」

A子發現，男人在回答的同時，瞥了一眼後方的座位。

第一個衝進廁所的中年女人，和看起來像是她朋友、年紀相仿的女人聊得不亦樂乎，即使A子和B子走過去，她們也完全沒有發現。坐在她們後排的兩個女人似乎也是她們的朋友，所以她們轉過身，探頭和後面的人說話。她們似乎對飛機上的座位無法像新幹線一樣轉過來感到很遺憾。

不一會兒，她發現B子手上拿著糖果，說了聲：「啊喲，謝謝。」然後伸出大手，抓了一大把。籃子裡的糖果幾乎都空了，中年女人把大量糖果用力塞進自己的手提包。她的一個朋友手上拿著『東北五天之旅』的旅遊導覽書。

「很明顯不是那個大嬸。」回到廚房後，B子指著那個中年女人說，「如果那個大嬸失去了生存的動力，這個世界上就沒人能活下去了。」

「有道理，所以剩下那五個人。」

「有沒有什麼線索呢？」

B子偏著頭。

「唯一可以勉強稱為線索的，就是信封上淡淡的腳印。」

A子出示了信封背面，上面留下了被人踩過的痕跡。

「光看這個，無法判斷是誰的腳印，雖然比對所有人的腳印，或許可以知道結果，但不可能這麼做。」

「不能根據筆跡判斷嗎？」

B子指著信封表面寫的「遺書」這兩個字問。這兩個用藍色墨水寫的字是楷書，字寫得很漂亮。

「如果讓每個人寫幾個字，或許有辦法知道，但要怎麼叫他們寫字？」

B子聽到A子的問題，聳了聳肩說：

「這種問題太困難了，我怎麼可能知道答案？」

「妳也稍微動動腦筋……」

A子的話還沒有說完，就突然住了嘴。因為那個像是上班族的男人站了起來，走到機艙後方。他似乎又要上廁所，但他沒有立刻走過來，而是在後方的座位附近停留了一下，然後才走過來。

「廁所……」男人說。

「請用。」B子閃到一旁為他讓了路。不知道是否因為B子的語氣聽起來有點僵硬，男人露出奇怪的表情走進廁所。

然而，他又馬上走了出來。雖然男人上廁所比較快，但也未免太快了。A子她們當然不可能去管這種事，男人輕咳一下，又走回自己的座位。

「太奇怪了，」B子說，「妳不覺得他太快了嗎？」

「我也覺得。」A子也點了點頭，「也許他發現遺書不見了，所以跑去廁所找。」

「怎麼辦？」

「怎麼辦呢？」

A子抬頭一看，發現那個男人從椅背上方探出頭看過來，又很快把頭縮了回去，顯然很在意後方。

「我想到了一個好主意。」B子輕輕拍了一下手，「就把那封信丟在走道上，失主就會自己撿起來。」

「這怎麼行！」A子立刻否決了她的意見，「萬一被別人撿到，不是會亂成一團嗎？」

「那該怎麼辦？這次輪到妳出主意了。」

「是啊。」

A子看著信封，漸漸覺得光靠這封遺書，很難找到失主。

「沒辦法，只能用最後一招了，更何況時間快來不及了。」

時鐘指向下午三點三十分，不到四十分鐘後，飛機就將抵達青森。如果始終找不到遺書的主人，就等於錯過了拯救想要自殺的人的機會。

「要看遺書的內容嗎?」
B子雙眼發亮地問，A子勉為其難地點了點頭。
「我很不想這麼做，但以目前的情況，恐怕是唯一的解決方法。」
「一開始就應該這麼做。」
B子說完，對著信封內吹了一口氣，把信紙拿了出來。信封內有兩張信紙，其中一張是空白的。

『我非常清楚，不應該採用這種方式，但我想不到其他方法。我決定去死。如果我死了，我相信有人會難過，但這份難過很快就會被遺忘，於是就會習慣沒有我。然後一切都會變得很美滿，或許會慶幸我死了。但是，我並不是為了別人選擇死亡，我只是做我自己想做的事。請不要同情我，反正人終有一死，我只是自己選擇了死亡的時間。

×月×日　看著雨滴寫下了這封信』

「失算了。」A子說，「上面根本沒有署名。」
她原本以為遺書上一定會署名，所以看到遺書最後只寫了今天的日期，忍不住焦急不已。因為她以為只要有署名，就可以輕易推測出是誰遺失了這封遺書。

「而且內容也有點看不懂。」B子嘟著嘴說，「這根本完全不知道自殺的動機，根本沒有線索。」

A子又重新看了內容。和信封上寫的「遺書」兩個字一樣，內文的字體也很工整，信紙則是使用普通的直式書寫信紙。

「A子，」B子戳了戳她的側腹，「只剩下三十分鐘了。」

3

A子敲了敲駕駛艙的門。門打開了。YS11的駕駛艙空間很小，只能勉強坐兩個大人。

「怎麼了？」

坐在左側駕駛座上的副機長佐藤神情略微緊張地轉過頭。

「因為……」

A子小聲而快速地說明了情況。機長小塚發出一聲低吟。

「遺書嗎？這可不太妙啊。沒有找到失主嗎？」

小塚交代佐藤駕駛後，轉過頭問。

「我們看了遺書內容，遺書上也沒有署名。」

A子把遺書交給小塚。

「考慮到當事人的心情，最好不要把事情弄大，但還是先和青森機場聯絡，請他們和警方討論一下。」

「但是，如果不知道是誰遺失了這封遺書，警方應該也無法採取行動，也不可能要求旅客長時間滯留在機場。」

「雖然不想給其他旅客添麻煩，但這也是情非得已，希望可以在此之前找到失主。」

小塚說完，打量著信封，但翻過來一看，露出了驚訝的表情。

「信封有被人踩過的痕跡。」

「是啊。」

「這代表這個腳印的主人去廁所時，這個信封已經掉在那裡了，或是可能就是腳印的主人掉的。總之，不可能是之後進入廁所的人掉的。」

「的確是這樣，問題是也不知道這個腳印是誰的。」

「是嗎？」

小塚再度低頭看著信封，然後看著A子，微微笑了笑。

「高材生A子畢竟是現代女性，妳仔細看一下，腳印上是不是可以看到淡淡的圖案？」

A子凝視著信封，聽機長這麼一說，的確好像是什麼圖案，許多海浪像魚鱗般排在一起。

「和服鞋的後跟不是貼了橡膠的補強板嗎？這就是補強板上刻的圖案。」

「和服鞋……嗎？」

「沒錯，有沒有人穿和服鞋？」

「啊……」

A子立刻想起了老婦人。

「在她之後去廁所的人，和遺書無關。」

「有。」

「謝謝機長。」

A子道謝後關上了門，回到廚房後，把剛才的談話告訴了B子。

「不愧是機長，不過，這算是年紀大，比較見多識廣吧？」

B子在這種時候往往不會坦誠地表示佩服。

「因為機長的關係，稍微縮小了範圍。」

「但也未必啊。」B子說。

「喔？為什麼？」

「因為只有那個禿頭邋遢大叔是在那個奶奶後面去廁所，那種大叔原本就被排除在外，那種類型的人，即使用刀子殺他也死不了。」

A子看向中年男人，他打著鼾，整個人幾乎快從座椅上滑下來了。

「妳這麼說也有道理。」

小塚雖然指出了重點，但A子發現還是無法發揮太大的作用，不禁有點失望。

不一會兒，又有一名旅客站了起來。抬頭一看，發現是那個女生。她摸著頭髮，向A子她們走來。

「我有好方法。」

A子把信封反過來，放在推車上，讓人一眼就可以看到。

那個女生走到她們面前，沒有去廁所，而是問她們：

「有沒有漫畫？」

她的聲音很稚嫩，但說話的語氣很早熟。

「喔，有啊，有啊。」

B子拿了三本包了綠色書套的漫畫雜誌遞給她，她翻了之後說：

「這些我都看過了，那就看週刊雜誌好了。」

於是，B子拿了五本週刊雜誌給她看。

她拿起每一本雜誌看了一下，但A子發現她一度瞥了信封一眼，只不過並沒有任何反應。

「這本好了。」

她拿了一本女性週刊雜誌。

「妳去青森旅行嗎？」

在她離開之前，A子問她，她想了一下後回答說：

「嗯，算是吧。」

「妳是和媽媽一起吧？」

「嗯，對……我要借這本週刊。」

說完，她走回自己的座位。

A子目送她離開後，微微偏著頭說：

「她看到信封之後也不為所動……」

「現在的中學生很難說，不會輕易透露自己內心的想法。」

「所以也不能安心……咦？」

當A子和B子在聊天時，坐在倒數第四排，看起來三十歲左右的女人走了過來。原本以為她要上廁所，但似乎並不是。

「請問……」

「是，有什麼事嗎？」

B子用開朗的聲音問，那個女人用手捂著嘴，把頭轉向座位的方向說：

「呃，我覺得有點不太對勁。」

「啊？」

「那個人，坐在我對面的那個女人。」

她說的是那個粉領族的女生。A子她們所站的位置看不到那個粉領族。

「她怎麼不對勁？」

B子問，那個女人更小聲地說：

「我覺得她好像在哭。」

B子和A子忍不住互看了一眼。

「我剛才就在注意她，她用手帕擦了好幾次眼睛。」

A子看著那個方向一會兒，立刻面帶笑容對那個女人說：

「我們知道了，她可能身體不舒服。謝謝您的告知。」

「我可能太多管閒事了。但還是有點在意。」

女人好像辯解似地說完，走回自己的座位。

「我去看看。」

A子對B子說完，走向那個粉領族女人。就在這時，又有坐在前方座位的旅客站了起來。抬頭一看，正是剛才那個上班族男人。

男人氣勢洶洶地向後方走來，毫不猶豫地在一個座位坐下。因為那個座位就在粉領族女人的旁邊，所以A子大驚失色。

「妳夠了沒有！」

男人說道。因為他的聲音很大聲，周圍有好幾名旅客都轉頭看著他。

「妳到底要鬧脾氣到什麼時候？難道不想溝通一下嗎？」

這次也很大聲，坐在前方的旅客忍不住探頭看過來。

「這位先生，請您稍微降低音量。」

A子慌忙對那個男人說。

「啊，不好意思。」

男人說完，又轉頭對那個女人說了起來。女人完全沒有任何反應，只是一直注視著窗外。

——眼前的狀況太奇怪了。

A子心想。這個上班族男人似乎從剛才就一直很在意那個女人，所以才會頻頻回頭，假裝去上廁所。

其他旅客也都心神不寧起來，大家都很好奇那對男女的狀況。坐在另一側的女性旅客甚至把脖子伸到走道上，聽他們在說什麼。

「好吧，那就算了。」男人突然站了起來，「是我太傻了，還想和妳溝通，妳想怎麼樣隨妳的便！」

男人說完，大步走回原來的座位。原本豎起耳朵偷聽的幾個人慌忙把腦袋縮了回去。

A子泡了紅茶，用托盤端去那個女人的座位。「請喝茶。」她把紙杯遞到女人面前，她遲疑了一下，伸手接過紅茶。

「不好意思，吵到大家了。」

雖然她眼眶很紅，但表情看起來還算從容，A子鬆了一口氣。

「請問怎麼了？」

雖然知道這樣太多管閒事，但A子還想到了遺書的事，所以情不自禁在那個女人身旁坐了下來。

「是一些無聊的事，」那個女人說，「很常見的事……只是我受到一點打擊。」

「受到打擊？」

「我們今年春天剛結婚，我是青森人，相親結婚之後，搬去了他所住的千葉。但是他在結婚之前，就已經有交往的對象……」

不知道是否聊到了傷心處，她停頓了一下。A子似乎知道她想說什麼。

「妳先生在結婚之後，也繼續和那個女人交往嗎？」

她用力點了點頭。

「我娘家算是有點財產，我想他應該是為了這個目的和我結婚，所以就越想越生氣……甚至想要自殺。」

A子的心臟用力跳了一下，同時覺得腳踢到了什麼。原來是雨傘。雨傘和那個女人皮包的圖案相同。

我太大意了。A子心想。遺書上不是明確寫著『看著雨滴寫下了這封信』嗎？今天下雨的地方有限，剛才就應該找帶雨傘的人。

「那可不行。」A子露出真摯的眼神看著她，「為這種事去死太不值得了。」

「但是，當時真的覺得不值得活下去，不瞞妳說，我還寫了遺書。」

咕嚕。A子吞著口水。那封遺書就在她的口袋裡。

「遺書……嗎？」

「對，上面寫滿了對他的憎恨。」

寫滿了憎恨？

「那封遺書呢？」

「被我丟掉了。」

女人很乾脆地回答，「把憎恨寫出來之後，心情也慢慢平靜下來，覺得沒必要為那種不負責任的男人浪費自己的一輩子……對不對？我打算回青森之後重新開始，雖然他一直追過來，試圖挽留我，但他應該不敢去我娘家。」

「妳說把遺書丟掉了……丟在哪裡？」

「我撕碎之後丟進垃圾桶了，還把蜜月旅行時的照片也一起丟掉了。」

她對A子說出了內心的想法後，心情看起來似乎平靜多了。

4

機上亮起了繫好安全帶的燈，機身開始逐漸下降。

「現在清楚知道，」A子說，「不是那個中學女生，就是那個老太太，不可能是其他人。」

「一定就是那個女生。」B子斷言，「那個年紀的女生有很多煩惱，老太太已經活了那麼久，不需要現在尋死。」

「妳的邏輯簡直亂七八糟。」

「有嗎？」

「總之，我們要注意那兩個人。」

她們起身去確認旅客是否繫好安全帶。

B子負責檢查後半部分的座位，提醒旅客將椅背豎直，並確認繫好了安全帶。

那對老夫婦維持和剛才相同的姿勢，丈夫仍然蓋著毛毯睡覺，安全帶也繫好了。應該是老婦人幫他繫好的。

老夫婦後方的座位是空位，那裡放著為旅客準備的報紙和週刊雜誌。B子正準備整理時，前方老夫婦的座位傳來了說話聲。

「快到了。」老婦人說。

「嗯，真快啊。」

「你睡得真熟。」

「對啊，睡得好熟。太諷刺了，在東京的時候都一直心神不寧，睡不太好。」

「我在飛機上也完全沒有闔眼。」

「妳還沒有死心嗎？真是不乾不脆啊。」

「不，我已經死心了。正因為死心了，所以才會照你說的做了。」

「那為什麼睡不著？」

「我只是在想我們離開之後的事，不知道會變成什麼樣。」

「原來是為了這件事，不會變成什麼樣，年輕人自己會處理，我們只是不要再妨礙他們。」

B子聽到這裡，向A子使了一個眼色，慌忙回到了廚房。

「一起自殺？」

A子聽完B子的話，忍不住倒吸了一口氣。

「應該不會錯，雖然我不知道詳細的情況，但剛才那對夫婦說，不想成為年輕人的負擔，所以才離開東京，還提到了他們死了之後的事。A子，妳說該怎麼辦？」

「沒怎麼辦，現在也不能怎麼辦。等降落之後，再找他們瞭解情況，萬一有什麼狀況，可以和正在機場待命的警察商量。」

A子和B子都坐在組員座椅上，繫好安全帶。飛機很快就準備降落。

隨著一陣輕微的衝擊，身體的角度發生了改變，隨即感覺到飛機在跑道上滑行，也感受到急速剎車的感覺。不一會兒，飛機停了下來。繫好安全帶的燈還沒有熄滅，就已經有旅客站了起來。廣播之後，A子站在舷梯下方，B子站在舷梯上方目送旅客離開。

——這趟飛行時間很短。

A子向每一位旅客鞠躬道別時想道。因為發現了那封遺書，她甚至無法正確想起自己在這趟飛行時做了什麼。

幸好總算大致猜到了遺書的失主——她為此感到鬆了一口氣。

那個外遇丈夫走了下來，他頻頻回頭看向後方，似乎仍然很在意妻子。他的妻子遲遲沒有現身，可能故意不想和他走在一起。那個丈夫走路時眉頭深鎖。

接著是那個中學女生，坐在她旁邊，看起來像是她母親的女人走在她身後。母親面帶笑容，但女兒面無表情。

一個年約四十左右的男人跟在她們身後，他的身材很壯碩，皮膚曬得黝黑，看起來很年輕。這個男人剛才就坐在那對母女後方。

「辛苦了。」

A子鞠躬說道，男人撥了撥頭髮後回答說：

「謝謝。」

這時，男人的指尖有什麼一亮。

——啊……

A子把差一點叫出來的聲音吞了下去，目送男人的背影。男人快步追上了母女，然後又撥了撥頭髮，對那位母親說了什麼。母親笑著回答，她的笑容看起來很開心。

——原來是這樣。

A子茫然地目送三個人的背影離去。有人向她打招呼，她驚訝地回頭，發現B子正在向她使眼色。那對老夫婦正走過她面前。

A子看向B子，對她用力搖頭。B子一臉不解的表情，似乎搞不懂是怎麼回事。

「接下來就交給妳了。」

A子不得已說完這句話，衝了出去。B子不知道說了什麼，但她沒有聽到。

「請等一下。」

A子叫住了那一家三口。他們一臉納悶地轉過頭，A子拿出信封，遞到那個女生面前問：

「這是不是妳掉的？」

女生起初沒有任何反應，A子以為自己的推理錯了，但事實並非如此。

因為下一剎那，那個女生跑了起來，然後消失在擠滿接機人潮的建築物內。

5

「她並沒有搭上巴士，計程車司機也說沒看到她，所以猜想她應該還躲在機場附近。」

身穿制服的員警向A子等人報告。這名年約四十的員警看起來很親切。

「我們也已經請當地民眾一起協尋，不用擔心，很快就會找到人。」

「拜託你們了。」女生的母親鞠躬說道，員警行了一禮後走了出去。

這是機場內的會客室，坐在A子和B子對面的是那個女生的母親元西君子，還有即將和她結婚的安藤隆夫。剛才那個女生的名字叫悠紀子。悠紀子跑走之後就不見了。

「我完全不知道，」君子低著頭，緊握著手上的手帕，「她竟然想要自殺……而且是在旅行的時候。」

安藤沒有說話，他在君子的身旁露出沉痛的表情，似乎在克制某些情緒。

「但這是令千金的筆跡吧？」

B子問，君子點頭的時候，身體也跟著一起搖晃。

「沒錯，她從小學就開始學書法，所以年紀雖小，但寫字很工整。」

難怪字寫得這麼好。A子暗想。

「請問妳知道她的動機嗎？」B子問。
「完全不知道。」君子回答，她的聲音微微發抖。
「不好意思，請問您前夫呢？」
A子問。
「他兩年前死了，因為肺癌……之後我一個人照顧悠紀子長大。我在町田開了一家小水果店。」
「令千金一定和之前的爸爸感情很好。」
「是啊，因為我們只有一個女兒，亡夫因為工作的關係，所以整天都在家，他真的很疼愛女兒。」
「請問妳什麼時候決定再婚？」
A子鼓起勇氣問道，一旁的安藤也露出了困惑的表情。
「最近才決定。」君子回答，「安藤先生是批發業者，我們也是因為這個關係才認識。」
「一個月前，我向她求婚，」安藤說，「但和這次的事有關係嗎？」
A子看著他們的臉，深呼吸後問：
「令千金是否反對你們結婚？」

雖然A子努力克制情緒，但心跳還是有點加速。

「不可能，因為我第一個徵求她的意見，她說我喜歡就好。」

「所以，令千金是在之後改變了想法——安藤先生？」

「是。」

「請問在你們決定再婚到今天為止，你是否做過什麼事，讓悠紀子妹妹覺得她很礙事？」

「礙事？完全沒有，我很努力，希望她能夠接受我，所以這次的旅行也——這算是蜜月旅行，我們也帶她一起來。」

A子搖了搖頭說：

「但是，悠紀子妹妹似乎並不承認你是她的父親。我剛才曾經問她：『和媽媽一起旅行嗎？』她回答說：『嗯，對。』照理說，她應該會回答和爸爸、媽媽一起旅行。」

安藤和君子互看了一眼，兩個人都陷入了片刻的沉默。接著，安藤突然想起了什麼，對君子說：

「上次我們不是在店門口聊天嗎？她是不是聽到我們當時的談話？」

「上次？」

「就是那個時候啊，我們在討論要什麼時候生孩子。」

「喔……那件事怎麼了？」

「當時我不是說，希望趕快生兩個孩子。雖然我說這句話時並沒有多想，但如果鑽牛角尖，可能會認為我不把悠紀子當女兒。」

「呃！但那時候我們只是閒聊……」

「即使我們只是在閒聊，她可能很受打擊。」

「怎麼可能因為這種事……她很喜歡你，接受你是她的父親，她應該已經接受了。」

君子重複了這句話，但語尾越來越無力。

「對了，」安藤看向A子，「妳怎麼知道那封遺書是悠紀子寫的？遺書上不是沒有署名嗎？」

「對，所以我真的傷透了腦筋。不瞞兩位，我剛才還以為是其他人遺失的，但最後也因為沒有署名這件事得到了靈感。」

「妳的意思是？」

「我忍不住思考，為什麼沒有署名？一旦自殺，就會知道身分，沒有理由不署名。於是我就想到，雖然寫遺書的人想要署名，但因為有某些不利的因素，所以不方便署名。只不過之後就想不出是什麼原因，直到看見安藤先生的手指，才突然靈光乍現。」

「手指？」

安藤看著自己的手。

「你的無名指上不是戴著結婚戒指嗎？你太太也戴了相同的戒指。看到你的戒指後，我知道了你們一家三口的關係，同時也想起悠紀子妹妹剛才說和媽媽兩個人一起旅行這句話。於是我知道她沒有署名的理由。也就是說，悠紀子不知道該寫安藤悠紀子，還是寫原本的元西悠紀子。」

君子「啊！」了一聲。

「果然應該多花點時間和她溝通。」

安藤的聲音聽起來很陰鬱。

警察很快就找到了悠紀子。她正在附近的商店街閒逛，當警察問她要去哪裡時，她回答說不知道。

君子看到悠紀子被帶進會客室時，忍不住放聲大哭。悠紀子的眼中沒有眼淚。

安藤抓著她的肩膀，低頭看著她，小聲地說：

「我們再好好溝通一下。」

悠紀子沒有回答，深深地鞠了一躬，口齒清晰地回答說：

「對不起。」

A子和B子一起走出會客室。

她們一起來到計程車招呼站時，剛好遇到剛才那對老夫婦在排隊等車。老婦人發現A子她們後問：

「妳們今晚住這裡嗎？」

「對，是啊。」A子回答，「兩位是來這裡旅行嗎？」

「不，我們住在這裡，之前去住在東京的兒子家玩。」

「喔……」

這和B子的推理完全不一樣。

「我們在這裡有蘋果園，只是沒有人繼承，所以我們原本想趁這個機會說服兒子。」

「令公子怎麼說？」

老婦人聽了A子的問題，笑著搖了搖頭說：

「我們最後沒有提這件事，因為他在自己的工作上也很努力……雖然心裡還是很捨不得放棄蘋果園。」

「喂，不要拉著別人抱怨。」老人不悅地說，「反正在我們死之前，好好照顧那個蘋果園就好。等我們死後，他們自然會想辦法。」

「是啊，就是啊。」

「妳真的很多話。」

他們聊天時，計程車駛了過來，兩位老人上了車。A子和B子目送那輛計程車離去時，又有一輛計程車駛了過來。

「真是的，」B子說，「累死我了。」

「到飯店後，要不要去喝一杯？」

「非喝不可。」

她們搭上計程車。一個巨大的影子進入視野，A子看向窗外，看到又有一架飛機從機場起飛。

夢幻旅客

1

三月十五日上午八點，羽田機場內的新日航機組人員休息室內——

電話鈴聲響起時，附近沒有其他人，正在為勤務前做準備的早瀨英子——暱稱A子，毫不猶豫地接起電話。

「您好，這裡是新日航客艙課。」

A子口齒清晰地回答，但對方的反應似乎有點遲疑。太奇怪了。A子有一種不祥的預感。

「喂？」

不一會兒，電話中傳來個男人的聲音。聲音有點陰森，聽不太清楚。

「這裡是新日航客艙課。」

A子又重複了一次，不祥的預感越來越強烈。

「妳給我聽好了！」聽不太清楚的男人聲音說：「我昨天殺了人！」

A子的心跳加速。

「啊？對不起，可不可以請你再說一次？」

「我不是叫妳聽好嗎？我、我昨天殺了人，妳、妳聽到了沒有？」

男人的聲音有點發抖。A子立刻巡視四周，B子——藤真美子剛好走進來，她一臉神清氣爽，應該剛去上完廁所。

「不好意思，電話有點聽不太清楚，可不可以請你大聲說明詳細的情況？」

A子對電話中的男人說話的同時，對著B子擠眉弄眼，但B子並沒有察覺，也偏著頭對她擠眉弄眼。

「妳給我聽好了！」

男人說話比剛才稍微大聲，但聲音仍然很模糊，可能用手帕捂著話筒。

「我昨天殺了你們的客人，是一個女人。我在停車場殺了她，然後放進車子搬走了。至於我搬去哪裡——」

「啊，請稍等一下。」

A子對B子招了招手，然後指著貼在牆上的紙。那張紙上寫了以下的內容。

接到奇怪電話時——

1. 告訴對方「我聽不清楚」、「請你說得詳細點」，盡可能拖延通話時間。

2. 用手叫身旁的人，然後指向這張紙。

3. 被叫到的人，或是察覺異常的人，請撥打以下的號碼要求反向偵測對方的電話，並向機場警局等相關單位報案。

・委託反向偵測電話號碼 ××× ××××。

・機場警局

・CAB警務課

・運航課

B子終於臉色大變，慌忙跑去打其他的電話要求反向偵測對方電話，結果屁股還撞到了桌角。

「怎麼那麼吵？妳應該沒有在做奇怪的事吧？」

男人說。

「不，我沒有……然後怎樣了呢？」

「啊？喔……嗯，對了，我在停車場殺了她之後，就把她裝上車子，然後去碼頭，把屍體丟進東京灣。」

A子握著電話的手掌被汗水濕透了，但同時感到口乾舌燥。

「請問，你希望我做什麼？」

「錢啊，當然是錢啊。給我錢，如果不給我錢，我就會一直殺搭你們公司班機的旅客。如果你們敢報警，那就試試看，沒有人敢再搭你們公司的飛機。」

「你說要錢，這種事也沒辦法由我決定。」

A子雖然覺得這樣的回答很蠢，但也想不到更好的應對方法。她只想盡可能拖延。

「我當然知道，所以我還會打電話過去。妳看著吧，不久之後，就會在東京灣找到女人的屍體，等你們找到那個女人的屍體，我還會再打電話。在那之前，不可以報警……當然，之後也不准報警。那就這樣。」

男人說完後，直接掛上了電話。

2

同一天上午九點整，羽田機場北側的停車場內——

年輕的工作人員正在巡邏，確認停在停車場內的車子是否有異狀。這裡的停車費很貴，但仍然有好幾輛車子連續停了好幾天。

他在停車場最裡面發現了那樣東西。一個看起來像是盒子般的黑色東西掉在兩輛車子之間。

——那是什麼？

工作人員走過去一看，立刻發現是女人的手提包。撿起來一看，發現皮包還很新，打開皮包檢查，看到裡面放了化妝品和一些零星物品。

——是不是客人掉的？竟然會有人掉了皮包……

工作人員拿著手提包回到了收費亭，比他稍微年長幾歲的同事正在打呵欠。

「那是什麼？」

年長的同事看著皮包問。

「好像是客人掉的，在停車場最裡面發現的。」

「皮包裡有東西嗎？」

「有啊，但我還沒有仔細看。」

「是喔……如果發現可以瞭解失主身分的東西，就打電話通知她──」

年長的同事說完這句話，目光停留在半空的位置。他指著皮包側面，用有點緊張的口吻說：

「喂，這……不是血嗎？」

「啊？」

年輕男人也看向那個位置。皮包的側面的確沾到了深紅色黏稠的東西。

「嗚哇！」

年輕男人忍不住把皮包丟出去。

偵查員很快就趕到現場，徹底調查了皮包和皮包掉落的地方。

「皮包是深棕色的楚薩迪──是名牌包，看起來還很新，裡面放了口紅、粉餅、面紙、手帕，還有針線包──就是縫紉工具──然後還有新日航的班機時間表，和用過的登機證。」

搜查一課的年輕刑警山本向資深刑警渡邊報告。渡邊今年剛滿四十歲，已經出現了幾根白髮。

「皮夾呢？」

渡邊問後輩刑警。

「沒有皮夾，也沒有提款卡和信用卡之類的東西，皮包裡沒有任何可以查明身分的東西。」

「是喔。」

「果然和打電話到新日航的那個男人有關嗎？」

「不知道，畢竟目前並沒有發現屍體。」

目前還沒有接獲在東京灣發現屍體的消息。

「登機證的日期是什麼時候？」

「是三月七日，從札幌出發往東京的一〇八號班機。」

「登機證上只有這些內容嗎？」

「對，照理說應該還有座位，但座位編號的部分被撕掉了。」

「為什麼撕掉？」

「不知道，為什麼呢？」

山本搖了搖頭回答。

目前的首要任務，就是找到皮包的主人。渡邊和山本兩個人再度前往新日航的客艙課。之所以說「再度」，是因為他們之前才為了那通可疑電話，去過那裡瞭解情況。

到客艙課後，渡邊向遠藤課長說明了情況，希望可以瞭解三月七日搭乘一〇八號班機的旅客名單。

「這當然沒問題，只不過可能無法知道所有人的名字和聯絡電話。」

遠藤語帶同情地說。

「為什麼？」

「因為旅客名單是根據機票上的名字建立的，如果是按照正常手續買票的旅客，當然就沒有問題，但如果是拿優惠券，或是轉賣的機票，名字可能就會不一樣。」

「原來是這樣，那就看目前掌握的名單就好。」

「好的。」

遠藤起身走了出去。一個胖胖的空服員立刻迫不及待地從準備室內探出頭問：

「有沒有發現什麼？」

胖空服員——B子的好奇心讓雙眼都亮了起來。

「不，目前還沒有。」

年輕的山本吞吞吐吐地回答。他記得之前來這裡瞭解情況時，明明想要向A子詢問，但B子在一旁口沫橫飛地不停插嘴。

「聽說撿到一個沾到血跡的皮包？」

「……妳也聽說了嗎？」

「那個停車場發生了命案嗎？」

「不知道……」

山本抓著頭。渡邊起身走出房間，似乎要去上廁所。

「聽說遇害的那個人，搭乘了三月七日的一〇八號班機？」

「目前還不知道是否遇害，只是發現皮包裡有當時的登機證。」

山本小心謹慎地回答，但B子完全不在意。

「我也在那天的一〇八號班機上值勤。」

「啊？是這樣嗎？」

山本瞪大了眼睛。

「不光是我，A子——早瀨小姐也是。是喔，不知道當時哪位客人遇害了。」

「請問妳當時有沒有發現什麼異狀？」

「異狀？」

「就是……和平時不一樣的情況。」

B子故意誇張地抱著雙臂，皺起了眉頭。

「一〇八號班機是從札幌回東京的班機，我記得那天客人並不多，但並沒有什麼特殊的情況。」

「是這樣啊。」

山本似乎原本就沒抱什麼期待，所以很乾脆地回答。

「我問你，你覺得歹徒說那些話是認真的嗎？就是如果不拿錢，他就要殺新日航的客人。」

B子反而這麼問他。

「嗯，很難說，即使是勒索企業，也第一次遇到這種類型的情況，唯一確定的是，那個歹徒瘋了。」

「如果真的發生了命案，應該算重大事件吧？」

「那當然。如果是這樣，我們會盡全力逮捕凶手。」

山本說這句話時，遠藤走了回來，B子立刻把頭縮回了準備室。

3

「目前大家都認為是惡作劇。」

A子喝著飯後的咖啡時說。她和B子是室友，一起租了公寓的房子。

「妳是說那通電話嗎？但不是在停車場撿到了沾了血的皮包嗎？而且記者也來了。」

B子大口吃著飯後的蛋糕說。從她的表情可以明顯看出，她覺得如果只是惡作劇，就實在太沒意思了。

「姑且不論皮包的事……妳覺得那種威脅說，要殺了搭乘我們公司班機旅客的話會是真的嗎？」

「雖然那個人腦筋可能有點問題，但當事人可能是認真的。因為目前這個社會，無論發生任何事都不意外，而且雖然這件事很莫名其妙，但如果大家都知道這件事，我相信搭乘新日航班機的人會減少，所以媒體至今仍然沒有公布這件事，不是嗎？」

媒體雖然報導了在停車場發現了一個沾到血跡的皮包，但並沒有公布威脅電話的事，公司內部也只有極少數人知道。那天無法反向偵測到那通威脅電話，因為B子弄錯了電話號碼。

「但是到目前仍然沒有發現屍體。」

「沉到海底了啊，一定是綁上了什麼重物。」

「但是，根據歹徒的目的，應該希望屍體趕快被人發現，而且立刻查明身分，一旦知道那個人的確是搭乘新日航的旅客，他的威脅就發揮了作用……」

「那……一定有什麼原因。」

B子用叉子刮著已經吃完蛋糕的空盤子回答。她想不出合理的回答時，就會用「一定有原因」，或是「一定有人在別的地方妥善處理好了」，這是她的拿手絕活。

「我覺得是對新日航有怨恨的人的惡作劇。」

A子小聲地說。

4

兩天過去了，偵查工作沒有明顯的進展。這一天，A子從大阪飛回來後，一走進機組員休息室，就發現兩名眼熟的刑警在等自己。是渡邊和山本。

B子理所當然地在一旁，不知道為什麼，每次遇到麻煩事，她都一定在場。A子有時候忍不住納悶，她到底什麼時候工作。

除了B子以外，還有座艙長北島香織也在。

「聽說目前仍然沒有查到皮包的主人。」

香織皺起眉頭對A子說。

「旅客名單沒有幫助嗎？」

A子問兩名刑警，年輕的山本回答說：

「我們已經聯絡了所有能掌握到的旅客，也有不少人看到報紙後，主動聯絡說，自己當天搭了那班飛機，但目前並沒有找到相符的人。目前還剩下十幾個人，但只知道三個人的電話。」

「皮包的主人一定就是這十幾個人之一。」B子似乎很來勁，「那個人並沒有主動聯給你們吧？因為她被殺了啊。」

渡邊輕咳了一下，轉頭看向A子。

「聽說妳在當時那架班機上值勤？」

「對。」

「我們帶來一樣東西，想請妳們看一下。」

他拿出了那個手提包，上面的血跡看起來怵目驚心。

「妳們有沒有見過？」山本問。

A子瞥了一眼，馬上搖了搖頭。

「我們記性再好，也不可能記住所有客人的東西，再加上距離現在已經有一段時間了……」

「我也努力回想，還是完全沒有印象，而且這個皮包並沒有什麼特徵。」

北島香織也做出投降的動作。

「對了，妳那天也搭了那班飛機。」

A子想起這件事說道，然後轉頭看著刑警說：

「你們有沒有問過那趟航班的其他空服員？」

渡邊噘著嘴，點了點頭。

「問了，但大家的回答都一樣，雖然原本就沒抱什麼希望。」

「請問可以看一下皮包裡的東西嗎？」B子抬眼看著渡邊問，「因為也許對皮包沒有印象，但可能對裡面的東西有印象。」

「也有道理，好吧，沒問題。」

刑警一臉不耐煩的表情回答。

B子好像小孩子拿到了新玩具般一臉興奮地打開了皮包，裡面的每一樣東西都裝在塑膠袋裡。

「啊，這是新推出的口紅。」她在說話時，已經從塑膠袋裡拿出口紅，打開了蓋子。

山本立刻嘟噥說：「怎麼可以隨便打開？這很傷腦筋啊。」

「你們不是已經採集了指紋嗎？」

「但是……」

「藤，妳別亂來。」

北島香織厲聲說道，B子一臉不甘願地把口紅放了回去。這時，A子愣了一下，似乎有哪裡不對勁，只不過她也不知道哪裡不對勁。

「之後有沒有再接到奇怪的電話？」

渡邊問香織和A子，似乎不想問B子。

「不，之後沒有。」A子回答，「也沒有聽到新聞中報導，在東京灣發現屍體的消息。」

「是啊，我有一種預感，總覺得事情會就這樣結束了。」

渡邊苦笑著抓了抓頭。

但是，事情並沒有結束。

之後，A子在東京和札幌之間往返值勤，回程就是一〇八號班機。沒錯，就是那班一〇八號班機。

「啊，請問一下。」

A子走在通道上時，有一個聲音叫住了她。回頭一看，一個穿著灰色西裝，看起來像上班族的男人向她招了招手。

她面帶微笑走了過去，男人用手掌捂著嘴，小聲對她說：

「關於那起事件……」

「什麼事件？」

「就是那起事件啊，報紙上登的，在羽田的停車場發現了一個沾到血的手提包。」

「喔……」A子確認周圍的客人並沒有聽他們說話後，小聲問那個男人：「那起事件怎麼了？」

「聽說失主是三月七日，搭乘一〇八號班機的旅客，其實我那天也搭了那班飛機。」

「是這樣啊。」

A子有點驚訝地重新打量男人的臉。

「我因為工作的關係，經常搭乘這班飛機，所以警方似乎也曾經打電話給我，但因為我不在家，所以還沒有告訴警方。」

「告訴警方什麼？」

「嗯，其實我見過那個皮包。如果我沒記錯，那天在一〇八號班機上見到的女人，就拿了這個皮包。」

「真的嗎？」

A子忍不住大聲問道，周圍的旅客都看著她。

「真的啊，所以我在想，也許可以幫上什麼忙，到東京之後，我也可以配合去警局。」

「瞭解，請你稍等片刻。」

A子去了駕駛室向機長報告。機長和羽田機場聯絡後，等待機場的指示。不一會兒，就接到了刑警會去客艙課等他們的通知。

A子走去剛才的上班族那裡通知他，希望在抵達羽田機場後，可以和機組員一起去客艙課，男人欣然答應。

「那天的班機很空，安全帶的燈滅了之後，那個女人不知道從哪裡走過來，就坐在隔了走道，我旁邊的那個座位。特徵的話……年紀大約二十五、六歲，短髮，沒有到肩膀，沒有燙髮，而是一頭黑色直髮。」

男人在客艙課的會客室內向渡邊和山本說明。這個在貿易公司任職的上班族自我介紹說，他姓成田，今年三十一歲，目前是單身。經常出差，每個月都要去札幌幾次。

除了刑警和成田以外，A子和B子也在會客室內。

「她穿什麼衣服？」

山本拿著記事本問。

「我記得是淺色的套裝，個子……應該和她差不多。」

成田指著在一旁聽他說話的A子，兩名刑警同時看著她。A子沒來由地紅了臉，B子露出無趣的表情。

「你還記得她的長相嗎？」

渡邊問。成田用力點了點頭，似乎早就在等這個問題。

「我記得很清楚，她皮膚很白，圓臉，有一雙細長的眼睛。雖說是圓臉，但並不是胖，而是適度圓潤的感覺。」

山本瞥了B子一眼，立刻低頭看著記事本。

「她臉上的妝也不濃，嘴唇很漂亮，令我印象深刻。」

「聽起來是一個美女。」

渡邊說。

「真的很漂亮，我也是因為這個關係，才會記得她的長相。」

成田說完，靦腆地笑了笑。

「遇到美女的話，連美女的皮包也會記得嗎？」

「雖然不是這樣，但那個女人當時從皮包裡拿出口紅，補妝的樣子令我印象非常深刻，所以也就記住了皮包。」

A子覺得那個男人似乎一直在觀察那個女人。

「你有沒有和那個女人說話？」

「有，聊了兩三句，但我忘了聊什麼，只記得她說話的感覺很優雅。」

「她說話時有沒有方言的口音？」

「沒有，是很標準的東京腔。」

「是喔。」

渡邊點了點頭，陷入了沉思，似乎在想像成田描述的女人。A子也忍不住想像了一下。美女，說話的感覺很優雅——

——有這樣的旅客嗎？

A子努力回想，但畢竟已經過了那麼久，更何況A子她們不像偶爾搭飛機的旅客，每天都遇到很多旅客。

最後，刑警拿出了那個皮包，成田回答說，應該沒錯。

「那這個呢？」

渡邊從皮包裡拿出口紅問，成田雙眼亮了起來，用興奮的語氣斷言說：

「沒錯，就是這個，她當時用了這支口紅。」

5

又過了兩天。

A子和B子結束勤務後回到了客艙課，看到山本腳步沉重地走在走廊上。

「怎麼了？你看起來好像無精打采。」

B子一副很熟絡的態度問，山本只是很疲憊地應了一聲：「嗨。」

「從你的表情來看，偵查工作應該沒什麼進展。」

B子似乎覺得很有趣，山本露出帶著恨意的眼神，但似乎沒有力氣反駁。

「你怎麼了？」

A子也問他。

「因為事情越來越奇怪了。」山本露出了沮喪的表情。「之後我們展開了調查，查到了搭乘那班飛機的所有旅客的身分，結果發現並沒有任何人失蹤，也就是說，那通奇怪電話中提到的命案並沒有發生。」

「那不是很好嗎？」

A子鬆了一口氣回答。因為當初是她接到那通奇怪的電話，所以一直都很在意這件事。

「問題是並不好，因為目前仍然不知道誰是皮包的失主。根據成田先生的證詞，絕對有一個女性旅客拿了那個皮包，但每個人都說沒看過那個皮包，甚至沒有人有類似的皮包。」

「那真的很奇怪。」

「真的。」

山本的眉毛皺成了八字形，垂下肩膀重重地嘆了一口氣，「渡邊前輩說，這件事交給我處理然後就自己跑掉了……真是太傷腦筋了。」

「既然這樣，那就讓成田先生看一下所有旅客的臉，不就馬上搞定了嗎？對不對？」B子最後徵求A子的同意，B子雖然經常說一些讓人翻白眼的意見，但這個提議讓A子也忍不住點頭。

「我們當然試過了。」山本露出不耐煩的表情，「我們蒐集了符合成田先生說的條件所有人的照片讓他看，但他說，那個女人不在其中。」

「那要不要放寬條件？比方說，可以放寬年齡的條件。」

「我們把搭乘那班飛機的旅客中，從五歲女孩到七十歲老太太的照片都給他看過了，他仍然說不在其中，所以還給他看了長相比較女性化的男人照片，結果他生氣了。」

誰遇到這種情況都會生氣。A子忍著笑，點了點頭。

「目前只剩下買機票的人和實際搭乘人不同這個可能性。」

「一定就是這樣，」B子大叫起來，「皮包的主人一定就是實際搭飛機的人，那個女人可能遭到軟禁……也許……」

她似乎很希望事情鬧大。A子不理會她，問山本：

「有沒有可能是成田先生誤會了？聽說他經常搭飛機，也許和其他日期搞錯了。」

山本無力地搖搖頭。

「他斷言說，絕對不會錯，還反過來懷疑我，當天搭機的女性真的只有這些嗎？我說除此以外，只剩下空服員了，他說不是空服員……」

所以，果然是買機票的人和實際搭機者不同嗎？但購買機票的人隱瞞不說，為什麼要這麼做？A子暗自思考著。

「如果沒有那通奇怪的電話，那個皮包就會被當作失物處理。雖然沾到血跡有點不自然——如果只是這樣，或許可以解釋為是精心設計的惡作劇，但現在有成田先生的證詞，不能這樣輕易了結。」

山本的這番話，似乎覺得成田的證詞反而讓人傷腦筋。

「所以變成了夢幻旅客。」

回到租屋處，B子在飯後看書時說。雖說是看書，但她看的書不是少女漫畫，就是針對女性的週刊雜誌。

「真的很奇怪，」A子心不在焉地看著電視上的廣告，偏著頭說，「如果不是惡作劇，為什麼歹徒讓人無法輕易查到被害人的身分？皮包裡沒有可以查到身分的東西，至今也仍然沒有發現屍體。」

「所以啊，」B子在沙發上翻了一個身，「歹徒一定有他自己的想法，一定有什麼老謀深算的想法。」

A子苦笑著嘆了一口氣。凡事都不要往複雜的方向去想——B子是這方面的權威。自己也不要繼續想了。A子看著電視。這時，螢幕上出現了一個特寫鏡頭，那是她以前看過的東西。就是皮包裡那支口紅的廣告。

「今年春天，點綴雙唇的色彩……新上市。」

電視中傳來女人的聲音。原本怔怔地看著電視的A子，突然瞪大了眼睛。

「對了，那支口紅果然有問題。」

她猛然站了起來。

6

隔天中午過後，成田跟著山本走進客艙課。他看起來有點緊張。

A子和B子迎接了他們。山本問她們：

「那位小姐來了嗎？」

「來了，」A子嫣然一笑回答，「正等在會客室。」

「那我們也趕快過去吧。」

山本說完，率先邁開了步伐。跟在他身後的成田露出不安的表情。

「這是真的嗎？真的找到了皮包的主人嗎？」

「真的啊，怎麼了嗎？」

「不……」

成田結結巴巴。

走進會客室，發現那裡有一個年輕女人。山本和成田，還有A子和B子都走了進去。

「我是寺西惠美。」年輕女人自我介紹說。她有一張圓臉，而且很漂亮。

「妳就是那個皮包的失主嗎？」

山本平靜地問。那個叫惠美的女人用力點點頭，但成田立刻指著她說：

「她騙人，不是她。喂，妳為什麼要說這種謊？妳怎麼可能是那個皮包的主人？」

成田突然變得氣勢洶洶，寺西惠美嚇了一跳。一旁的山本插了嘴。

「你先別激動，你為什麼斷言她不是皮包的主人？」

「那是因為……她和我看到的不是同一個人。」

「但那個女人未必就是皮包的主人啊，也許只是拿了相似的皮包。而且既然當事人已經出來承認，我們當然只能相信啊。」

「但是……」

成田說不出話，但隨即似乎想到了什麼。

「對了，既然妳是皮包的主人，應該可以解釋為什麼皮包上沾到了血跡吧？」

寺西惠美露出了笑容，明確地回答說：「對，那當然。」

成田瞪大了眼睛。

「三月十四日晚上，我去停車場取車，突然從暗處竄出一個蒙面男人，抓住我的手臂。我正想大叫，他捂住我的嘴，在我的耳邊說：『妳是不是搭乘了三月七日的一〇八號班機？我那個時候就盯上了妳。』我嚇死了，用盡全身力氣咬了男人的手指，然後趁他鬆手的時候逃走。但那個男人一直抓著手提包的握把，於是我放棄了皮包，直接開車逃走了。回到家之後，發現牙齒上沾到血跡，所以我猜想皮包上的血跡應該是當時那個歹徒留下的。」

寺西惠美口若懸河地說明，山本點了點頭，似乎接受了她的說法。成田一臉茫然，張著嘴，好像看到了什麼難以置信的東西，盯著寺西惠美的臉。

「太荒唐了，」過了一會兒，成田叫了起來，「妳在胡說什麼？為什麼要亂說話？竟然編這樣的故事……」

「成田先生，」山本在一旁用安撫的語氣說，「你憑什麼斷言她說的話是胡說呢？不是很合情合理嗎？」

「……」

成田可能不知道該怎麼回答，陷入了沉默，但連耳根都紅了。

「我認為這是很重要的證詞。」山本繼續說道，「如果像寺西小姐說的那樣，代表歹徒那天也搭了那班飛機，而且皮包上有歹徒的血跡，這根本就已經等於知道了凶手。只要逐一清查就好，再說我們也掌握了旅客名單。」

「等、等一下。」成田慌忙打斷了他，然後看著寺西惠美說：「喂，妳倒是說實話啊，妳說遭到男人的攻擊，根本沒這回事吧？」

惠美淡然地搖了搖頭：「我沒說謊，全都是事實。」

「妳……」

成田的表情快哭出來了，山本鎮定自若地說：

「走吧，我們去警察醫院，先驗一下你的血型。不用擔心，很快就可以查出是不是同一個人。」

「不，這樣太突然……」

「馬上就結束了，還是說，你有什麼不方便？」

「不……沒有。」

「既然這樣，那我們立刻去驗血。走吧。」

山本抓著成田的手臂說：「走吧。」B子也在一旁鼓譟說：「走吧。」A子也跟著說：「走吧。」就連寺西惠美也一起說：「走吧走吧走吧——」

「對不起！」

在三個人的逼迫下，成田終於忍不住抱著頭，用帶著哭腔的聲音說：

「這一切全都是我一手策劃的。」

7

「辛苦了，妳可以走了。」

寺西惠美聽到A子這麼說，鞠躬後瞥了成田一眼，走出會客室。

「她是新日航的空姐——也就是我們的學妹，為了讓你招供，找她來演了這場戲。」

B子說話時鼻孔張得很大，簡直就像是她想到的主意。

「果然被你們發現了嗎？我就覺得不太對勁。」

成田垂頭喪氣。

「既然你已經承認了，那就請你一五一十說出來吧。」山本催促道。

成田無力地垂著肩膀，點了點頭，然後小聲說了起來。

「我的確在三月七日那天搭了飛機，那天我出差回東京，當時身旁也的確坐了一個漂亮的女人。她氣質高雅，看起來充滿知性，又很有女人味……我完全對她一見鍾情。因為太震撼了，所以甚至忘了問她名字和聯絡方式。」

「這麼漂亮嗎？」

山本問話的語氣，似乎也很想見一見那個女人。

「簡直是女神級的美女，下了飛機之後，我對她的愛慕更加強烈，無論如何都希望再見她一面——我認真為這件事煩惱起來。」

原來是這樣。A子恍然大悟。她漸漸瞭解了成田的目的。

「於是，我打電話給新日航，請他們告訴我那個旅客的姓名和電話，但那個事務員很不上道，不肯告訴我。」

「不是不上道，而是公司的規定。」

B子說了很不像她會說的話。

「於是我就思考，有沒有什麼方法可以見到所有旅客——於是就想到了這個計畫。」

「也就是把沾到血跡的皮包丟在停車場，然後打電話到客艙課嗎？」

A子向他確認。

「對，但我猜想光有那個沾到血的皮包，警方可能不會展開偵查，所以才打了那通電話，然後再找適當的機會，說自己看到了拿那個皮包的女人。我猜想這麼一來，警方就會讓我和那班飛機上的所有旅客見面。見到那個女人之後，我再對警方說，可能是我記錯了，然後再偷偷去找她。這個計畫已經有百分之九十九成功了……」

「卻遲遲沒見到那個女人。」B子開心地說。

「就是啊。」成田神情落寞。

「你竟然會想到這麼無聊的事。」山本語帶佩服地說。

「我覺得一點都不無聊——而且，你們怎麼知道我說謊？」

成田似乎還不死心，A子在一旁插嘴說：「是口紅。」

「口紅？」

「對，那個皮包和裡面的東西，當然都是你準備的吧？」

「對啊，我自己去買的，還沾上了自己的血。」

「而且還假裝粉餅和口紅已經用了一段時間。」

「沒錯，我的加工是不是很細膩？」

「可惜並沒有，那支口紅是今年三月新上市的，所以照理說只用了一個星期，但已經用了那麼多，於是就知道是有人故意動手腳，留下使用過的痕跡。反過來說，並沒有人實際用過那支口紅，皮包和粉餅也並沒有實際的主人，但是，有人主張確有其人。那是誰呢？」

「那個人是我。」成田難掩失望，「沒想到那支口紅是新上市的……」

「於是我就請大家協助，演了這場戲。我原本還半信半疑，但看到你狼狽的樣子，就知道沒錯。」

山本心情很好。因為之前為這件無聊的案子疲於奔命，現在終於一解心頭之恨。

「我們走吧。」他要求成田站起來。

成田站起來時，仍然不肯死心地說：「那個女人到底去了哪裡呢？」

「你是不是看到了幻影？」

山本輕鬆地開玩笑說。

A子和B子跟著山本他們來到客艙課前時，座艙長北島香織探出頭。她看到B子，立刻像往常一樣說：

「藤，妳還在磨蹭什麼，差不多該做準備了。」

說完這句話，就立刻轉身離開了。

「北島學姊還是這麼囉嗦。」

B子氣鼓鼓地準備走進去，A子拉了拉她的袖子，然後指著成田。

成田一直看著北島香織離去的方向。

「不會吧？」B子小聲地說。

「似乎就是這樣。」A子回答。

「為什麼？」成田哭喪著臉轉過頭，「為什麼她是空姐？她上次明明坐在旅客的座位上。」

「那一天，學姊一個人以旅客的身分搭機。因為學姊的老家在札幌，所以從札幌搭回來。空姐在工作以外也是會搭飛機的啊。」

B子語帶安撫地向他說明。

「既然這樣，為什麼沒有給我看她的照片？」

成田情緒激動地問山本。山本苦笑著說：

「沒為什麼，因為從開始偵查時就知道，她並不是那個皮包的失主。」

「……這樣啊。」

成田咬著嘴唇，低下了頭，然後用力吸了一口氣，抬起頭說：

「好，我也算達到了目的，現在也不遲，我一定會追她。」

「可惜來不及了。」B子促狹地說，「學姊回老家，是為了向父母報告結婚的事。她今年秋天要結婚了。」

「啊？這也太殘酷了。」

「真可惜啊，呵呵呵。」

「而且，你現在不是想這種事的時候，」山本拍了拍成田的肩膀，「你得先為你犯下的罪行付出代價。」

「啊啊啊啊！」

被盯上的A子

1

十月九日星期五，從札幌出發往東京的新日航一〇六號班機在十六點十五分準時從千歲機場起飛。天氣晴朗，沒有風，應該可以一路順暢抵達東京。

在這班飛機上服務的A子在旅客中發現了熟悉的面孔。那是她們的空服員學姊北島香織。A子想起香織的老家在札幌這件事，因為她今年秋天要結婚了，所以在兩個月前辭職，但覺得好像已經很久沒見到她了。

香織坐在靠窗的座位。一陣子沒見，她看起來比之前更有女人味了。在發小毛巾時，A子小聲對她說：

「好久不見。」

香織對她露出笑容。以前她當座艙長時看起來很嚴格，但如今整個人都變得柔和了。

雖然她們很熟，但因為機上還有其他旅客，所以不能聊私事。A子也沒有再說什麼，像往常一樣繼續工作。

飛機準時抵達東京，A子和其他空服員站在出口送旅客下機，北島香織最後一個走出客艙。

「好久沒有觀察妳工作的樣子了。」

香織意味深長地笑著說。

「學姊，妳不需要再費心指導我們了。」

A子笑得眉尾彎了下來，香織笑得更開心了。

「還是忍不住有以前的習慣——騙妳的啦。別擔心，妳已經可以獨當一面了，完全不需要擔心，需要擔心的是妳的搭檔……」

說到這裡，她看向其他空服員，「那個問題兒童今天沒和妳一起。」

香織口中的問題兒童就是A子的好朋友B子。之前曾經讓這位學姊煩惱不已，如今正在折磨其他空服員學姊。

「她今天好像是飛鹿兒島的班機。」

「是嗎？難怪今天搭機這麼舒服。」香織笑了起來，然後又小聲說：「但老實說，並不是很舒服。」

「怎麼了？」

「不，很微不足道的事，但坐在我旁邊的客人很奇怪，從起飛到降落為止，都一直低著頭，完全沒有抬起來。而且中途還發出了呻吟。我問他：『是不是不舒服？』他也只是搖搖手，沒有回答。」

「真的是怪胎。」

A子努力回想坐在香織身邊的客人長什麼樣子，但想不起來。

「即使只是短時間，和那種人在一起心情會很差。」

香織一臉不耐地皺起眉頭。

香織離開後，A子檢查了客艙，結束之後走去客艙課，向值班主任報告了飛行狀況後，今天的工作就結束了。

A子鬆了一口氣，打卡下班。

2

隔天——

「有人今天休假，真羨慕啊。」

B子從早晨起床之後，這句話至少說了超過十次。A子和她是室友，今天A子休假，B子不停地表達內心的羨慕。

「妳在說什麼啊，妳也有休假啊。」A子說。

「這是這，那是那。啊，我也好想休假。」

B子說著這些莫名其妙的話，很不甘願地出門上班了。

A子決定再去睡個回籠覺，下午再出門逛街。

——真的不太對勁。

A子在銀座的畫廊欣賞油畫時，又覺得身後有動靜，忍不住回頭張望。

她剛才就有這種感覺，好像一直有人在看她。B子經常說有男人在看她，那只是自我感覺良好，但今天A子所感覺到的情況完全不一樣。

當她在珠寶店的櫥窗前張望時，確信自己並不是神經過敏。她眼角掃到有人動了一下，她轉身背對人影的方向後，又迅速一百八十度轉身，看到一個黑影瞬間躲進建築物後方。

穿著高跟鞋的A子跑向影子躲藏的地方，那裡已經不見人影。

——有人在跟蹤我。但是誰會跟蹤我？

她感到心裡發毛，完全不知道誰會跟蹤自己。更何況跟蹤一個普通的空服員，根本沒有任何好處。

原本打算今天徹底放鬆一下，最後早早吃了晚餐，決定趕快回家。雖然那時候已經不再覺得有人跟蹤，只不過她已經沒有心情繼續逛街了。

——那不是我的心理作用。但是，為什麼要跟蹤我？

A子看著電車車窗外的風景，忍不住思考著，但當然沒有任何頭緒。

走出車站往公寓時，天色已經暗了下來。雖然公寓離車站不遠，但中途有一段路很冷清。因為那裡剛好位在小學的後方，晚上沒什麼人。A子在路上加快腳步。

走了一小段路之後，聽到了引擎的聲音。起初她並沒有在意，但車頭燈逼近的速度很快，所以她不經意回頭張望。

兩道燈光已經逼近眼前，而且開了遠光燈，完全無法直視。A子覺得燈光刺眼的同時，察覺到自身的危險。因為車子向她筆直衝來。

A子尖叫著跳向一旁，落地時絆了一下，雙膝跪在地上。車子的輪胎以驚人的速度從她身旁擦過。

她跪在原地，因為驚嚇和恐懼而無法動彈。幾分鐘後，才終於把皮包拉過來後起身。即使站起來之後，腦筋也一片空白。

又有一輛車子從相同的方向駛來。A子把皮包抱在胸前，身體緊貼著圍牆，但這次的車子車速很慢，車頭燈的位置也很正常。

A子目送那輛車子的車尾燈離去後，不顧一切地跑了起來。

回到家時，B子已經回到家休息了。B子聽到A子受到攻擊時，原本還不相信，但隨即露出不安的表情。

「那個人為什麼會盯上妳？」

「我怎麼知道？我還希望別人告訴我呢！」

「妳是不是和誰結了怨？」

「我完全不知道。」

「是喔……大家都這麼說。」

「大家是指誰？」

「就是那些遭到攻擊的人啊……當然，妳是例外，我相信妳。」

B子急忙搖著手，A子瞪著B子的圓臉。即使在這種時候，她仍然會說這種分不清是認真還是開玩笑的話。不過，這也是她的優點。

因為沒有看到車牌和車款，所以沒有報警，而且只是差一點撞到，並沒有受傷。如果報案說覺得自己被人盯上，警察應該也會無所適從。

「也許是新型態的變態，專門鎖定美女……如果是這樣，我也得小心。」

B子一本正經地這麼說完，大口吃起餅乾。

3

隔天中午過後，A子在客艙課待命，遠藤課長叫她過去。她納悶課長找自己有什麼事，遠藤小聲告訴她說，有刑警上門。

「警察？」

A子立刻想起昨晚的事，但除了B子以外，並沒有其他人知道這件事。

遠藤接著說：

「好像發生了什麼事件，目前正在確認關係人當天的行動，所以想見一下前天在一〇六號班機上值勤的空服員。」

果然和昨晚的事無關。

「前天的一〇六號班機？喔……」

A子的確在那班飛機上值勤，而且那天北島香織也剛好搭這班從札幌回東京的班機。

「聽說也會向其他空姐瞭解情況，但目前只有妳有空，不好意思，可不可以麻煩妳去一下？」

「我知道了。」

A子去了會客室，兩名看起來像刑警的男人正在和宣傳課長說話。她走進去後，宣傳課長就離開了。她自我介紹後，在沙發上坐下。

「不好意思，在妳忙的時候打擾。」

一名姓坂本的刑警微微欠身說道。年紀大約三十五、六歲，一臉精悍的表情。

「並不是什麼重要的事，只是想請問一下，照片上的人是否曾經在前天搭乘一〇六號班機。」

坂本說完，把手伸進西裝內側口袋，拿出一張照片。

「是喔，但我無法記住所有客人的長相。」

「我想也是，但還是請妳看一下。」

A子接過刑警遞過來的照片，照片中是一個身穿西裝，看起來像上班族的男人，表情嚴肅。A子看到照片中的人，忍不住「咦」地叫了出來。

「妳見過這個人嗎？」

兩名刑警探出身體，A子沒有回答，反而問刑警：

「這位是不是姓塚原？」

兩名刑警驚訝地互看了一眼。

「他的確姓塚原，妳怎麼知道？」

坂本問。

「我認識他，他是我大學時的朋友。」

A子說完之後，對上坂本的視線。

「你們不知道我認識他嗎？」

坂本慌忙搖了搖頭。

「我們聽了也很驚訝，因為完全沒有想到會有這種事。原本只是想，空服員可能會記得旅客的長相，所以才登門拜訪。話說回來，還真是巧啊。你們現在還有來往嗎？」

「不，最近完全……」

「是喔。」

坂本似乎不知道該如何應付眼前意外的發展。

「這個人有沒有搭乘前天的班機？」

他最後決定回到正題，問了這個問題。

「不，我想應該沒有。」A子回答說，「而且，如果他搭了那班飛機，應該會主動向我打招呼。」

「也許吧……」

「塚原先生說他搭了一〇六號班機嗎？」

A子主動問道。

「不，並不是這樣。」

坂本有點吞吞吐吐。

接著，他問了塚原在學生時代是怎樣的人，聽起來只是順便問一下，所以A子也就輕描淡寫地回答。

「請問，塚原先生牽涉了什麼案子？」

最後，她問道。因為她從剛才就一直很想知道這件事，但是刑警的口風很緊。

「不，不是什麼重要的事件，塚原先生也只是眾多關係人之一。」

刑警用模糊的回答簡單帶過。

向刑警道別，回到客艙課的辦公室後，A子仍然心不在焉。因為她一直在想塚原的事。塚原到底被捲入了什麼事件？雖然刑警說他只是眾多關係人之一，卻好像在徹底調查他的行動。

——他是嫌犯？不會吧……

A子輕輕地搖了搖頭。

她的腦海中浮現出塚原潔白的牙齒。因為他曬得很黑，所以一口白牙令人印象特別深刻。

事實上，塚原和A子並非只是認識而已，他們曾經是考慮共度一生的戀人。

兩人在東京大學的網球社認識，塚原是比A子大兩屆的學長，是一個親切可靠的男生。知識淵博，話題也很豐富。雖然當時有很多男生追求A子，但在所有方面都比不上他。

但是，他們因為價值觀的差異，導致在塚原畢業的同時分手。塚原希望A子畢業後馬上結婚，希望她在家相夫教子，但她還有很多想做的事。那時候，她也開始對只是讀大學的生活產生了疑問。

塚原畢業後不久，A子就向學校申請休學，參加了新日航空服員的考試。兩個人走上了完全不同的路。

之後就一直沒有再見面，因為彼此不知道對方目前的住址，所以也沒有通信。

三個月前，兩個人偶然重逢。他們在街上遇到。只不過A子覺得有點難以啟齒，所以沒有告訴刑警。

「這不是早瀨嗎？」

塚原向她打招呼。A子發現是塚原，覺得好像遭到電擊般，身體無法動彈。但看著他熟悉的臉龐，A子也自然地露出了笑容。

在商社工作的塚原看起來很成熟，渾身散發出能幹的生意人味道。五官輪廓還是像以前那麼深，唯二的改變，就是稍微胖了一些，而且皮膚也不像以前那麼黑。

A子當時一個人，他和同事在一起。簡單介紹後，他向同事道別，兩個人一起走進附近的咖啡店。

「妳變了好多，比之前更漂亮了，而且充滿活力的樣子。」

塚原說完，瞇起眼睛看著她。A子微微紅了臉，詢問了他的近況。他目前在東京總公司的產業機器部任職，主要負責國內的交易，經常出差，一個月中有一半是外宿。目前還是單身，他半開玩笑說，照目前的情況來看，恐怕結不了婚。

「妳也是單身嗎？」

他很客氣地問。

「對，單身啊。」

「是喔。」

他沒有針對這件事說什麼，只是臨別時，遞給她一張名片，名片背面用原子筆寫了他家裡的電話。

「想到的話，可以打電話給我。」

他微微低著頭說。A子沒有說任何話，把名片收進了皮包。

——想到的話嗎……

A子想起當時的情景，忍不住嘆了一口氣。每次想到他，心裡就會小鹿亂撞。他可能也在等她的電話，但是，她並沒有打電話，絕對不是因為沒想到。

那天晚上，A子回到公寓，把白天的事告訴了B子。之前曾經告訴她遇到塚原的事，B子聽到刑警出示的照片上的那個人是塚原時，被喝到一半的啤酒嗆到了。

「那張照片上的男人，就是妳之前告訴我的男朋友嗎？」

B子拍著胸口問。

「是前男友。『那張照片』是什麼意思？妳也看到了嗎？」

「今天勤務結束後，和我一起出勤的小惠被刑警找去，我也陪她一起去。那時候看到的。」

「是喔……」

小惠名叫寺西惠美，是她們的學妹空服員。惠美應該也是因為前天負責一〇六號班機，所以才會被找去。雖然B子說『陪她一起去』，但一定只是像往常一樣，發揮了喜歡湊熱鬧的本性。

「如果他搭那班飛機，應該會注意到我啊。我也對刑警這麼說。」

「刑警都很小心謹慎，妳又不是不知道。」

Ｂ子說話時張大鼻孔，好像自己對警察的事很內行。

「雖然是這樣，但他們到底在調查什麼事件？」

Ａ子最關心這件事。雖然她看了報紙，但並沒有找到像是塚原有可能牽涉的案子。

「雖然我不太清楚明確的情況，但好像是殺人事件。」

Ｂ子輕描淡寫地回答，Ａ子驚訝地看著她。

「妳怎麼知道？」

「因為我一直追問那個姓坂本的刑警，之後又去問了宣傳課長，然後就知道好像在偵查在盛岡發生的一起殺人命案。」

「盛岡？為什麼東京的刑警在調查盛岡的命案？」

「被害人是住在東京的人，出差去盛岡，在那裡的飯店被人殺了。好像是被掐死的，既然被害人讓兇手進房間，代表是熟人所為。」

Ｂ子似乎瞭解得非常清楚，令人納悶她到底是用什麼方法問到的。只要得知有事件發生，她就無法克制八卦的性格。

——殺人……

塚原牽涉了這麼重大的事件嗎？

「妳剛才說被害人在出差時遇害，所以代表他在東京的公司工作嗎？那家公司該不會是F商事？」

A子問。

「對啊，是F商事，我記得就是這個名字。」

「果然……」

塚原在F商事任職。A子告訴B子後，B子委婉地嘀咕：

「所以那個姓塚原的人遭到了懷疑嗎？」

「也許吧，」A子也說，「被殺的人可能和塚原有什麼關係。」

「但仔細想一下就覺得很奇怪，為什麼在盛岡發生的命案，要調查有沒有從札幌搭飛機？」

B子偏著頭。

「不知道，搞不好……」

A子說到這裡，沒有繼續說下去。

「搞不好什麼？」

「搞不好是在確認不在場證明。」

「不在場證明？」

「也許警察問塚原案發當時的不在場證明，他回答說，那時候自己搭了從札幌回東京的班機。」

雖然白天A子問坂本時，坂本表示塚原並沒有說自己搭了那班飛機……

「是喔……但如果是這樣，妳的證詞不是對塚原很不利嗎？」

「嗯，是啊，但即使我不記得，也不代表他沒有搭一〇六號班機啊。」

A子說完這句話，覺得自己的證詞可能有特殊的意義。假設塚原真的搭了那班飛機，他們都不可能沒有發現對方。

——我的證詞是否會致命……不，不用擔心，再怎麼有差錯，他也不可能是殺人命案的凶手。

想到這裡，A子立刻發現了一件重要的事。她的心跳加速。

「A子，妳怎麼了？妳看起來氣色很差。」

B子擔心地探頭張望，A子勉強擠出笑容搖了搖頭，但臉頰的肌肉似乎在抽搐。

如果塚原是凶手，想要主張並非事實的不在場證明，而且因為某種原因，得知A子在那班飛機上值勤時，他可能會覺得她的存在對自己相當不利。

——之前想撞我的車子……該不會是他開的車？
當時的可怕感覺再度在她的內心甦醒。

4

隔天下午，A子結束從大阪返回東京的班機勤務後回到客艙課，B子走到她身旁，向她咬耳朵說：

「刑警好像還在調查塚原那天有沒有搭一〇六號班機，但旅客名單上並沒有塚原的名字。」

「可能用了其他人的名字訂位。」

「如果塚原在那架飛機上，就只有這個可能。」

B子一臉擔心的表情。之前被捲入類似的事件時，她總是顯得很興奮，但這次似乎沒有往常的活力。可能是因為A子的前男友遭到懷疑的關係。

「謝謝，沒關係，接下來就靜觀其變，反正我們也做不了什麼。」

A子擠出笑容，對B子說。

「雖然是這樣……」

B子露出了不滿的表情，但A子沒有理會她，收拾東西準備回家。

那天晚上，接到了塚原打來的電話。

電話鈴聲響起時，B子正在洗澡。正在洗碗的A子用圍裙擦了擦手，接起了電話。

「喂，早瀨嗎？」

A子一聽到這個聲音，立刻知道是塚原，不由得全身緊張起來。

「塚原學長……你怎麼知道這裡的電話？」

A子並沒有把電話號碼留給他。

「我打電話去妳老家問到的，聽說妳和朋友住在一起。」

「對……」

A子感覺到自己握著電話的手滲著汗。

「最近好嗎？」

「嗯，很好啊。」

A子雖然這麼回答，但聲音聽起來很沉重。塚原可能察覺到了，陷入了沉默。

「請問、找我有什麼事嗎？」

「嗯……不瞞妳說，我被捲入一起案件裡，不知道刑警有沒有去找過妳？」

A子遲疑了一下，明確回答說：「有。」

「果然是這樣，」他回答說，「因為刑警提到妳的名字，問我認不認識早瀨英子。即使我問他們妳怎麼了，他們也不肯告訴我。」

「是喔。」

警方目前似乎還不打算告訴塚原，她那天在一〇六號班機上。

「塚原學長，」她叫了一聲，「你到底和那起事件有什麼關係？警方為什麼懷疑你？」

塚原停頓了一下說：

「一言難盡，說來話長，我希望可以當面和妳談一談，所以才打這通電話給妳。」

「雖然你說當面談，但是……」

警察不是在監視你嗎？雖然A子這麼想，但並沒有說出口。他似乎也想到這件事。

「我會把刑警甩掉，這不是什麼困難的事。妳明天有空嗎？」

「我會想辦法。」

塚原指定了時間和見面的地點。他們約在傍晚五點，在都內的百貨公司頂樓見面。

不久之前，百貨公司的頂樓還是啤酒花園，如今只放了幾張長椅而已。A子坐在其中一張長椅上等待，身穿灰色西裝的塚原五點準時現身。A子想起他以前就很守時。

塚原看見她時，微微欠了欠身，不發一語地在她旁邊坐了下來。

「是不是給妳添了麻煩？」

塚原一開口就這麼問。

「怎麼會添麻煩……只是我有點莫名其妙。」

「我想也是。」

他深深地嘆了一口氣，胡亂抓了抓頭。「中上課長是我的上司，他在盛岡的飯店內被人殺害了。」

A子想要吞口水，但感到口乾舌燥。

「當時，我和他一起去盛岡出差。」

「所以警方懷疑你？」

A子問，他緩緩搖了搖頭。

「這當然也是原因之一，但警方盯上我的最大原因，應該是動機的問題。因為我和課長之前就在工作上意見不合，課長一直試圖把我調走。」

「這就是動機嗎？」

「好像是。」

塚原苦笑起來，A子看著他的臉，暗自鬆了一口氣。

「但我有不在場證明。」

A子聽到這句話，再度緊張了一下。

「你說的不在場證明是？」

「我和課長在盛岡道別，一個人先回東京了。聽說警方已經推算出課長遇害的正確時間，那時候我在搭新幹線。」

「新幹線？」A子問道，「不是在搭飛機？」

「妳應該知道，目前並沒有從花卷飛到東京的航線，所以我就搭新幹線回東京。因為那天晚上有一個和我同期進公司的同事的歡送會，我就直接趕去會場了，有很多證人都可以證明。」

「喔，原來是這樣……」

只要從他出現在歡送會現場的時間反向推算，就可以正確計算出塚原最晚必須搭上幾點的新幹線。如果是在命案發生之前，他的不在場證明就可以成立。

「這就奇怪了，因為刑警來問的是你有沒有搭從札幌飛到東京的班機。」

「從札幌到東京？這是怎麼回事？」

「不知道，但刑警拿出你的照片這樣問我……」

A子說到這裡，突然倒吸了一口氣。因為她想到一件事。她從皮包裡拿出航班時間表，打開一看。

「我果然猜對了，雖然沒有從花卷到東京的航線，但可以從花卷先到札幌，然後再從札幌回東京。在札幌等待的時間好像也不會太長。」

塚原看著她手上的時間表，點了點頭。

「原來是這樣，還有這種方法，這樣的話，也來得及趕上歡送會。看來警方認為我使用了這種方法，為自己製造不在場證明。」

命案發生後，警方最先懷疑塚原，但他在命案發生時，有正在搭新幹線的不在場證明，於是，刑警就調查了他搭飛機的可能性，最後找到了可以經由札幌回到東京的方法。

「刑警一定希望有人可以證明，你在那一天搭乘了一〇六號班機，所以即使我們否認之後，他們仍然執著地想要證明這個可能性。」

A子說話時，聽到自動販賣機後方傳來動靜。塚原沒有察覺，正想要說什麼，A子「噓」了一聲制止他。

「怎麼了？」

塚原小聲問她，A子指了指自動販賣機，小聲地說：「好像有人躲在那裡。」

塚原的臉色發白。

該不會是之前攻擊自己的歹徒——A子這麼想著，躡手躡腳地慢慢走過去，然後迅速繞到自動販賣機後方。

「啊！」

發出叫聲的不是A子，而是躲在自動販賣機後方的那個人。A子原本想厲聲問對方

「在幹什麼」，但看到那個人後忍不住目瞪口呆。

「B子……妳在這裡幹什麼？」

「嘿嘿嘿，被妳發現了。」

B子抓著頭站了起來。她穿著牛仔褲和運動衣，難得一身樸素，似乎特地喬裝打扮。

塚原也驚訝地走過來，A子介紹了她。B子尷尬地鞠了躬。

「其實我昨晚假裝在泡澡，偷聽到妳在講電話，然後覺得大事不妙……」

「為什麼大事不妙？」

A子忍不住尖聲問。

「妳不要這麼生氣嘛，我以為也許之前攻擊妳的就是塚原先生。雖然我也搞不太清楚，只覺得他可能為了製造不在場證明，所以想到萬一有什麼狀況，我必須救妳。」

B子說完，低頭向A子道歉，「雖然我覺得妳的前男友應該不至於做這種事，但還是很擔心。剛才在這裡聽到你們的對話，才知道這是天大的誤會，真的很對不起。」

A子看到B子不停地鞠躬道歉，也就不忍心責怪她。因為自己曾經有過同樣的懷疑。

「我有點搞不清楚狀況，有人攻擊妳是怎麼回事？」

塚原露出納悶的表情，A子把幾天之前差一點被車子撞到的事告訴了他。他的臉色也緊張起來。

「那當然不是我，但到底是誰做這種事？」

A子搖搖頭。

「太危險了，有時候會在不知不覺中得罪別人，我覺得應該趕快報警。」

「呃，關於這件事，」B子縮著脖子，一臉心虛地抬眼看著A子和塚原，「我已經告訴警察了。」

然後，她指向A子和塚原的身後。A子回頭一看，發現刑警坂本等人站在那裡。

「B子，妳……」

「對不起。因為如果塚原先生想對妳下毒手，我一個人可能搞不定。」

「藤小姐提供的線索很重要，不瞞妳說，我們原本也在懷疑妳。」

坂本走向A子。

「我們原本以為妳和塚原先生串通，故意隱瞞他那天搭機的事。但是，聽了你們剛才的談話，覺得至少妳和這起案子無關。」

「塚原先生好像也是無辜的。」

B子在一旁插嘴。

「不，目前還很難說。」坂本嘴角露出笑容，斜眼瞥著塚原，「雖然你表現出現在才發現飛機的玄機，但真相如何，就不得而知了。而且你攻擊早瀨小姐的可能性也並沒有排除。」

「我為什麼要殺她？」

塚原說話的語氣中帶著怒氣。

「假設你搭乘了一〇六號班機，應該會發現早瀨小姐也是那天的空服員。如果早瀨小姐也發現了你，你製造的不在場證明就泡湯了，於是，你就決定殺她——有可能是這種情況。」

「太荒唐了。」

塚原不屑地說。

「目前還不知道是不是荒唐。還有，我們清查了當天的所有旅客，但發現有一名旅客身分不明，我們一定會查出那個人到底是誰。」

坂本向同行的刑警示意後準備離開，但A子叫住了他：

「請等一下。」

坂本停下腳步，轉頭看著她。

「你剛才說，有一名旅客身分不明，對嗎？」

坂本點了點頭，「好像用了假名字。」

「但並沒有證據顯示那個人是塚原先生，對嗎？」

「是啊，目前還沒有。」
坂本回答時，瞥了塚原一眼。
「即使不是塚原先生，那個使用假名字的旅客也可能是盛岡命案的凶手，對嗎？」
坂本聽到A子這麼說，偏著頭，皺起了眉頭。
「什麼意思？」
「我的意思是——」A子舔舔嘴唇，深呼吸了一下。「比方說，凶手當天應該在東京，但為了殺人，偷偷前往盛岡。在這種情況下，凶手也有可能在犯案之後搭乘一〇六號班機。」
「這……的確有可能。」
「然後，那個人回到東京後，立刻和別人見面，製造不在場證明。」
「有道理，妳的意思是，我們對塚原先生的懷疑也可以套用在其他人身上嗎？」
A子聽到坂本這麼說，轉頭看著塚原。
「塚原學長，你說那天回到東京之後，去參加了同期進公司同事的歡送會，對嗎？」
「嗯，對啊。」
「有沒有參加歡送會所有人的照片？因為我想確認一件事。」
「歡送會之後，大家是有合照……妳認為凶手就在參加歡送會的人之中嗎？」

「那要看了照片才知道，請問照片在哪裡？」

「在我家裡。」

「那我們現在去拿——刑警先生，你們要一起去嗎？」

「我們當然奉陪，但這到底是怎麼回事？」

「雖然目前還無法斷言，但也許可以找到真凶。」

「啊？」坂本和其他刑警都很驚訝，A子無視他們的反應，對B子說：

「B子，妳聯絡一下北島學姊。」

5

那起命案偵破的十天之後，塚原來到機場。A子和他一起走到機場大樓外，看著飛機起降。

「我被調到國外了。」塚原用開朗的聲音說，「我之前就一直申請，這次終於如願。我覺得時機剛好，可以藉這個機會忘記很多事。」

「是喔。」

A子看著跑道的方向應了一聲。

「我可能暫時不會回日本。」

「……這樣也不錯。」

「這次多虧有妳幫忙，因為妳的關係，才擺脫了莫名其妙的嫌疑。」

「這……小事一樁。」

A子撥起頭髮，露出微笑。

A子那天去塚原家看到歡送會時的照片後，立刻找來了北島香織，然後問她照片中是否有那天搭一〇六號班機時，坐在她旁邊的奇怪男人。香織打量照片後，用力拍了一下手，指著照片上的男人說：

「就是他，絕對沒錯。雖然他那時候鼻子下方有鬍子，但就是這個人。」那個人也是和塚原同期進公司的同事，姓田口。

「我就知道。」A子小聲地說。

「妳就知道？」

「凶手就是他。」A子對坂本說，「他和塚原先生一樣，也必須在那一天去參加歡送會，所以他特地從東京前往盛岡，殺了課長，之後再經由札幌回到東京。」

意外的發展讓坂本一時說不出話，一直看著照片，然後又看著北島香織，問A子：

「妳怎麼知道他就坐在這位小姐旁邊？」

「因為我想起那天值勤時，我曾經向北島學姊打招呼。我記得當時說：『好久不見。』當時，學姊只是對我笑了笑而已，並沒有說話。所以如果當時除了學姊以外，還有其他人認識我，可能會誤以為我在向他打招呼。」

「妳認識這個姓田口的人嗎？」

「有一面之緣。」

A子說完，看著塚原。塚原似乎一時想不起來，但隨即張大了嘴，點了點頭說：「那一次……」

「對，那一次不是曾經見過他嗎？」

三個月前，A子和塚原重逢時，塚原和同事在一起。那個同事就是田口。

「田口先生記得我，所以我向學姊打招呼時，他以為是在向他打招呼。於是想到自己的不在場證明無法成立，隔天立刻想殺我。」

「原來是這樣。」

坂本抱著手臂低吟了一聲。

之後，在坂本和其他刑警的努力下，很快逮捕了田口。北島香織記住了他的長相成為他致命的破綻。田口和遇害的中上課長太太有一腿，因為事跡即將敗露，所以他就下了毒手。他供稱特地去盛岡行凶殺人，就是為了嫁禍給塚原，以免警察懷疑到自己頭上。

無論如何，那起命案順利偵破了。A子和塚原直到破案後才又見面。

「經過這次的事件後，我清楚知道一件事。」塚原說，「那就是妳當時和我分手是正確的決定。妳有很多出色的朋友，而且妳自己也綻放著光芒。」

他像以前一樣，露出潔白的牙齒笑了起來，然後向A子伸出右手。

「再見，多保重。」

A子緊緊握住了他的手。他的手掌很有力，很溫暖。

「再見。」

A子也對他說。

塚原鬆開她的手，轉身離開了。A子確認他無意回頭後，也轉過身，走向辦公室。不知道為什麼，淚水在眼眶裡打轉。

這時，前方出現一個人影。B子在向她揮手。

「A子，妳在幹嘛？我買了銅鑼燒，趕快來吃。」

「我這就過去。」

A子說著，向她舉起一隻手。

完

春日文庫
ハルヒブンコ
80

空中殺人現場

殺人現場は雲の上

空中殺人現場/東野圭吾作；王蘊潔譯. -- 二版. --
臺北市 ： 春天出版國際文化有限公司, 2024.08
面 ； 公分. -- (春日文庫 ； 80)
譯自 ： 殺人現場は雲の上
ISBN 978-957-741-904-0(平裝)

861.57 113009205

ISBN 978-957-741-904-0
Printed in Taiwan

作　　者　東野圭吾
譯　　者　王蘊潔
總 編 輯　莊宜勳
主　　編　鍾靈

出 版 者　春天出版國際文化有限公司
地　　址　台北市大安區忠孝東路4段303號4樓之1
電　　話　02-7733-4070
傳　　眞　02-7733-4069
E－mail　bookspring@bookspring.com.tw
網　　址　http://www.bookspring.com.tw
部 落 格　http://blog.pixnet.net/bookspring
郵政帳號　19705538
戶　　名　春天出版國際文化有限公司
法律顧問　蕭顯忠律師事務所
出版日期　二〇二四年八月二版

定　　價　340元

總 經 銷　楨德圖書事業有限公司
地　　址　新北市新店區中興路二段196號8樓
電　　話　02-8919-3186
傳　　眞　02-8914-5524
香港總代理　一代匯集
地　　址　九龍旺角塘尾道64號 龍駒企業大廈10 B&D室
電　　話　852-2783-8102
傳　　眞　852-2396-0050